안녕하세요 한국어.
잘 부탁합니다.

★ 獻給想要馬上說韓語的您 ★

韓語入門
中文就行啦

金龍範◎著

U0073321

□ 想像一下，如果能把韓語學好

◎ 看韓劇不用中文配音，可以聽到韓星的原聲！

◎ 在韓星演唱會上，可以聽懂他們講什麼！

◎ 用真正的韓語唱出旋律動人的韓語歌！

◎ 綜藝節目上的冷笑話，都能聽懂啦！

◎ 離超仰慕的那個韓星又少了一步的距離！

◎ 可以自由行韓劇的舞台、名所及私房景點！

◎ 充分享受韓國的傳統舞蹈、美容沙龍！

◎ 學一個語言，又能認識另一個不同的世界！

◎ 會英語或日語，又能懂另一種外語！

◎ 多了一個翻譯的專長！

◎ 知道韓國人思維模式，刺激自己的創意！

◎ 增加國際視野，有信心到韓國找工作、做生意啦！

□ 哇！太棒了！

□ 可是，韓語那又是圈、又是點、又是橫、又是豎的，好像「來自星星的文字」。

□ 別擔心！韓語有 70% 是「漢字詞」，是從中國引進的，發音也是模仿了中國古時候的發音，文法又跟日語幾乎一模一樣，最重要的是，韓國自古以儒家思想治國，所以，韓語越高階越好學喔！為了在一開始的入門階段，讓您立馬上手，這裡用中文來拼韓語發音，讓您瘋韓之路，一路順暢到底！

□ 《韓語入門 中文就行啦》有 7 個好㊣點以及 7 大保㊣的理由，肯定讓您喜歡、滿意：

第 1 個㊣：用中文拼音，韓入門超輕鬆！

第 2 個㊣：從零開始，文法記這些就行啦！

第 3 個㊣：從跟韓星聊天句切入，讓您瘋韓星，也瘋韓語文法！

第 4 個㊣：句子簡短，好學、好記！

第 5 個㊣：精選最實用那一句，讓您輕鬆秀韓語！

第 6 個㊣：表格式解析文法，說明最簡單、最明白。

第 7 個㊣：「韓語＋中文」的朗讀 CD，讓您學得更開心！！

目　錄

　　看起來有方方正正，有圈圈的韓語文字，據説那是創字時，從雕花的窗子，得到靈感的。圈圈代表太陽（天），橫線代表地，直線是人，這可是根據中國天地人思想，也就是宇宙自然法則的喔！

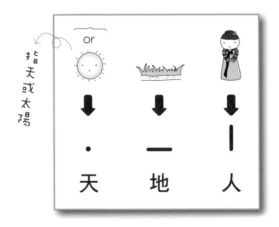

　　另外，韓文字的子音跟母音，在創字的時候，是模仿發音的嘴形，很多發音可以跟我們的注音相對照，而且也是用拼音的。

　　韓文有 70% 是漢字詞，那是從中國引進的。發音也是模仿了中國古時候的發音。因此，只要學會韓語 40 音，知道漢字詞的造詞規律，很快就能學會 70% 的單字。

韓文是怎麼組成的呢？韓文是由母音跟子音所組成的。排列方法是由上到下，由左到右。大分有下列六種：

1

子音＋母音 ──────────→

子
母

2

子音＋母音 ──────────→

子	母

3

子音＋母音＋母音 ──────→

子	母
母	

4

子音＋母音＋子音（收尾音）────→

子
母
子（收尾音）

5

子音＋母音＋子音（收尾音）────→

子	母
子（收尾音）	

6

子音＋母音＋母音＋子音（收尾音）──→

子	母
母	
子（收尾音）	

基本母音

韓語只有 40 個字母，其中有 21 個母音和 19 個子音。母音中，基本母音有 10 個，是模仿天（˙=天圓）、地（一=地平）、人（丨=人直）的形狀而造出來的。

發音特色分三種：嘴自然大大張開；雙唇攏成圓形；嘴唇向兩邊拉開發像注音「一」音。另外，為了讓字形看起來整齊、美觀，會多加一個「○」，但不發音喔。

動手寫寫看 🖊

아 a	像注音「ㄚ」。嘴巴放鬆自然張大，舌頭碰到下齒齦，嘴唇不是圓形喔！	아	아
야 ya	像注音「一ㄚ」。先發「丨[i]」，再快速滑向「ㅏ[a]」。	야	야
어 eo	像注音「ㄛ」。先張開嘴巴下顎往下拉，再發出聲音。嘴唇不是圓形的喔！	어	어
여 yeo	像注音「一ㄛ」。先發「丨[i]」，再快速滑向「ㅓ[eo]」。	여	여
오 o	像注音「ㄡ」。先張開嘴巴成 o 型，再出聲音。	오	오
요 yo	像注音「一ㄡ」。先發「丨[i]」，然後快速滑向「ㅗ[o]」。	요	요
우 u	像注音「ㄨ」。它的口形比 [o] 小些，雙唇向前攏成圓形。	우	우
유 yu	像注音「一ㄨ」。先發「丨[i]」，再快速滑向「ㅜ[u]」。	유	유
으 eu	像注音「ㄜㄨ」。嘴巴微張，左右拉成一字形。	으	으
이 i	像注音「一」。嘴巴微張，左右拉開一些。	이	이

接下來我們來看由兩個母音組成的「複合母音」。
不用著急，一點一點記下來就行啦！

動手寫寫看

 ae
是由「ㅏ [a] +ㅣ [i]」組合而成的。很像注音「ㄟ」。

애	애		

 yae
是由「ㅑ [ya] +ㅣ [i]」組合而成的。很像注音「ㄧㄟ」。

얘	얘		

 e
是由「ㅓ [eo] +ㅣ [i]」組合而成的。很像注音「ㄝ」。

에	에		

 ye
是由「ㅕ [yeo] +ㅣ [i]」組合而成的。很像注音「ㄧㄝ」。

예	예		

 wa
是由「ㅗ [o] +ㅏ [a]」組合而成的。很像注音「ㄨㄚ」。

와	와		

 wae
是由「ㅗ [o] +ㅐ [ae]」組合而成的。很像注音「ㄛㄝ」。

왜	왜		

 oe
是由「ㅗ [o] +ㅣ [i]」組合而成的。很像注音「ㄨㄝ」。

외	외		

 wo
是由「ㅜ [u] +ㅓ [eo]」組合而成的。很像注音「ㄨㄛ」。

워	워		

 we
是由「ㅜ [u] +ㅔ [e]」組合而成的。很像注音「ㄨㄝ」。

웨	웨		

 wi
發音時，是由「ㅜ [u] +ㅣ [i]」組合而成的。很像注音「ㄩ」。

위	위		

 ui
是由「ㅡ [eu] +ㅣ [i]」組合而成的。很像注音「ㄜㄧ」。

의	의		

基本子音

　　韓語有 19 個子音，但其實最基本的只有 9 個（又叫平音），其他 10 個是由這 9 個變化來的。子音是模仿人發音的口腔形狀。子音不能單獨使用，必須跟母音拼在一起。

　　這很像我們的注音符號，例如：「歌手」（ㄍㄜ.ㄕㄡ）兩字，韓語是這樣拼的「가수」（ga.su），發音也跟中文很像喔！簡單吧！

動手寫寫看 ✏

「ㄱ」發音像注音「ㄎ /ㄍ」。

가	가		

「ㄴ」發音像注音「ㄋ」。

나	나		

「ㄷ」發音像注音「ㄊ /ㄉ」。

다	다		

「ㄹ」發音像注音「ㄦ /ㄌ」。

라	라		

「ㅁ」發音像注音「ㄇ」。

마	마		

「ㅂ」發音像注音「ㄆ /ㄅ」。閉緊雙唇擋住氣流，在張開嘴巴時，把嘴裡的氣送出。

바	바		

「ㅅ」發音像注音「ㄙ」。

사	사		

「ㅇ」很特別，在母音前面不發音。在母音後面時才發 [ng] 音。

아	아		

「ㅈ」發音像注音「ㄘ /ㄗ」。

자	자		

「ㅎ」發音很像注音「ㄏ」。使氣流從聲門摩擦而出來發音。

흐	흐		

　　送氣音就是靠腹部用力發的音；硬音是靠喉嚨用力發的音。

送氣音

很像注音「ㄘ/ㄑ」。發音方法跟「ㅈ」一樣，只是發「ㅊ」時要加強送氣。

很像注音「ㄎ」。發音方法跟「ㄱ」一樣，只是發「ㅋ」時要加強送氣。

很像注音「ㄊ」。發音方法跟「ㄷ」一樣，只是發「ㅌ」時要加強送氣。

很像注音「ㄆ」。發音方法跟「ㅂ」一樣，只是發「ㅍ」時要加強送氣。

動手寫寫看

硬　音

很像用力唸注音「ㄍˋ」。與「ㄱ」的發音基本相同。

很像用力唸注音「ㄉˋ」。與「ㄷ」基本相同，只是要用力唸。

很像用力唸注音「ㄅˋ」。與「ㅂ」基本相同，只是要用力唸。

很像用力唸注音「ㄙˋ」。與「ㅅ」基本相同，只是要用力唸。

很像用力唸注音「ㄗˋ」。與「ㅈ」基本相同，只是要用力唸。

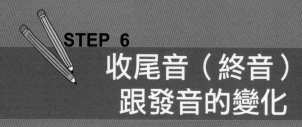

STEP 6
收尾音（終音）
跟發音的變化

1 ...... 收尾音（終音）

韓語的子音可以在字首，也可以在字尾，在字尾的時候叫收尾音，又叫終音。韓語 19 個子音當中，除了「ㄸ、ㅃ、ㅉ」之外，其他 16 種子音都可以成為收尾音。但實際只有 7 種發音，27 種形式。

①	ㄱ [k]	ㄱ ㅋ ㄲ ㄳ ㄺ
②	ㄴ [n]	ㄴ ㄵ ㄶ
③	ㄷ [t]	ㄷ ㅌ ㅅ ㅆ ㅈ ㅊ ㅎ
④	ㄹ [l]	ㄹ ㄼ ㄽ ㄾ ㅀ
⑤	ㅁ [m]	ㅁ ㄻ
⑥	ㅂ [p]	ㅂ ㅍ ㅄ ㄿ
⑦	ㅇ [ng]	ㅇ

2 ••••• 連音化

　　「ㅇ」有時候像麻薯一樣，只要收尾音的後一個字是「ㅇ」時，收尾音會被黏過去唸。但是「ㅇ」也不是很貪心，如果收尾音有兩個，就只有右邊的那一個會被移過去念。

正確表記	為了好發音	實際發音
단 어 [tan eo]	→	다 너 [ta neo] 單字
값 이 [kaps i]	→	갑 시 [kap si] 價格
서울 이 에 요 [seo ul i e yo]	→	서 우 리 에 요 [seo u li e yo] 是首爾

3 ••••• 鼻音化（1）

「ㄱ [k]」收尾的音，後一個字開頭是「ㄴ，ㅁ」時，要發成「ㅇ [ng]」。
「ㄷ [t]」收尾的音，後一個字開頭是「ㄴ，ㅁ」時，要發成「ㄴ [n]」。
「ㅂ [p]」收尾的音，後一個字開頭是「ㄴ，ㅁ」時，要發成「ㅁ [m]」。

正確表記	為了好發音	實際發音
국 물 [guk mul]	→	궁 물 [gung mul] 肉湯
짓 는 [jit neun]	→	진 는 [jin neun] 建築
입 문 [ip mun]	→	임 문 [im mun] 入門

4 • • • • • 鼻音化（2）

「ㄱ[k], ㄷ[t], ㅂ[p]」收尾的音，後一個字開頭是「ㄹ」時，各要發成「k→ㅇ」「t→ㄴ」「p→ㅁ」。而「ㄹ」要發成「ㄴ」。簡單說就是：

$$
\begin{bmatrix}
ㄱ , ㄷ , ㅂ + ㄹ → ㅇ , ㄴ , ㅁ \\
ㄹ → ㄴ
\end{bmatrix}
$$

正確表記		實際發音
복 리 [bok ri]	→	봉 니 [bong ni] 福利
입 력 [ip ryeok]	→	임 녁 [im nyeok] 輸入
정 류 장 [cheong ru jang]	→	정 뉴 장 [cheong nyu jang] 公車站牌

（為了好發音）

5 • • • • • 蓋音化

「ㄷ[t], ㅌ[t]」收尾的音，後一個字開頭是「이」時，各要發成「ㄷ→ㅈ」「ㅌ→ㅊ」。而「ㄷ[t]」收尾的音，後字為「히」時，要發成「ㅊ」。簡單說就是：

$$
\begin{bmatrix}
ㄷ + 이 → 지 \\
ㅌ + 이 → 치 \\
ㄷ + 히 → 치
\end{bmatrix}
$$

正確表記	為了好發音	實際發音
같 이 [kat i]	→	가 치 [ka chi] 一起
해 돋 이 [hae dot i]	→	해 도 지 [hae do ji] 日出

6 • • • • • 激音化

「ㄱ[k], ㄷ[t], ㅂ[p], ㅈ[t]」收尾的音，後一個字開頭是「ㅎ」時，要發成激音「ㅋ, ㅌ, ㅍ, ㅊ」；相反地，「ㅎ」收尾的音，後一個字開頭是「ㄱ, ㄷ, ㅂ, ㅈ」時，也要發成激音「ㅋ, ㅌ, ㅍ, ㅊ」。簡單說就是：

$$
\begin{bmatrix}
ㄱ, ㄷ, ㅂ, ㅈ + ㅎ → ㅋ, ㅌ, ㅍ, ㅊ \\
ㅎ + ㄱ, ㄷ, ㅂ, ㅈ → ㅋ, ㅌ, ㅍ, ㅊ
\end{bmatrix}
$$

正確表記	為了好發音	實際發音
놓 다 [not da]	→	노 타 [no ta] 置放
좋 고 [jot go]	→	조 코 [jo ko] 經常
백 화 점 [paek hwa jeom]	→	배 콰 점 [pae kwa jeom] 百貨公司
잊 히 다 [it hi da]	→	이 치 다 [i chi da] 忘記

背韓語單字的小撇步

　　不管是學哪一個國家的語言，光是學發音跟文法是不可能上手的。想要上手，一定要背單字，而且單字要一個字一個字的去背的。還記得國中開始背英文單字嗎？不管是單字卡、單字大全，背單字是學語言必須要過的關卡。但是，不喜歡背單字的人，可就一個頭兩個大了。沒關係，這裡來介紹一下，背韓語單字的小撇步。

　　韓國一直到近代都使用漢字，韓國漢字跟我們的國字及日本漢字幾乎一樣。

　　韓語的固有語又叫本土詞彙，大約佔總數的 20%；古典詞彙又叫漢字語，幾乎來自中國的漢語，約佔 70%（其中 10%是日式漢語）；外來語約佔 10%（主要是英語）。而日常生活中使用頻率最高的是本土語言，文學評論中多用漢語詞彙。

　　漢語詞彙的發音和台灣話、客家話的發音有許多類似的地方。這是因為中原在遼金元清 4 代將近 1000 年期間，經歷北方異族入侵，使得唐代漢語的特徵消失大半，而這些特徵還保留在南方的福建、廣州等地方。因此，我們要學韓語，就是有這樣的優勢。韓語有：

1 固有語

固有語大多跟大自然或生活息息相關的單字。例如：

韓文	英文拼音	中譯
나무	na.mu	樹
오다	o.ta	下雨
먹다	meok.ta	吃
숟가락	sut.kka.rak	湯匙
어머니	eo.meo.ni	媽媽

② ･････ 漢字語

漢字語幾乎都只有一種讀法，在韓語中約佔 70％，其中 10％是日式漢語，日式漢語是在近代從日本引進的。明治維新之後，日本成功地學習西方的技術與制度，西化也比中國早。因此，當時優秀的日本學者，大量地翻譯西方詞彙，然後再傳到中國。因此，對我們而言，也是很熟悉的。

漢字	韓　語　讀　法	
發	발 [pal] → 발명 [pal.myeong]	【發明】
目	목 [mok] → 목적 [mok.jeog]	【目的】
安	안 [an] → 안심 [an.sim]	【安心】
山	산 [san] → 산맥 [san.maeg]	【山脈】
東	동 [tong] → 동양 [tong.yang]	【東洋】
愛	애 [ae] → 애정 [ae.jeong]	【愛情】

③ ･････ 外來語

在韓國人日常會話中使用較廣泛的外來語，外來語大多通過英語音譯成韓語。學習韓語外來語的同時，也可以複習一下英語了。

韓　語	拼　音	中　文	英　語
가이드	ga.i.deu	導遊	guide
노트	no.teu	筆記本	note
다이어트	da.i.eo.teu	減重	diet
비즈니스	bi.jeu.ni.seu	商業	business
셔츠	syeo.cheu	襯衫	shirt
인터넷	in.teo.net	網路	internet
팩스	paek.seu	傳真	fax

如何利用我們的優勢來記韓語單字

•••••• 從發音相近的詞彙，來推測詞意

好啦！那麼我們就先從發音相近的詞彙，來推測詞彙的意思吧！

韓 文	中文拼音	英文拼音
학교	→哈．叫	hak.gyo
가족	→卡．走客	ga.jog
교과서	→叫．瓜．瘦	gyo.gwa.seo
시간	→西．刊	si.gan
도로	→都．樓	do.ro
잡지	→夾撲．吉	jap.ji
요리	→優．里	yo.ri

請多發幾次音看看。再想像一下跟中文發音相似的單字。答案如下：

韓 文	中文翻譯
학교	學校
가족	家族
교과서	教科書
시간	時間
도로	道路
잡지	雜誌
요리	料理

看到上面知道，韓語有發子音的收尾音，還有連音的現象。

2 •••••• 利用韓語的特定發音跟中文的特定發音

1 中文一樣的話，發音也一樣，韓語也有同樣的情形

中文裡有「學者」跟「校門」這兩個字，如果各取出第一個字，就成為「學校」。韓語也是一樣。我們看一下：

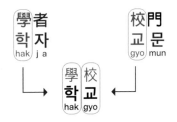

2 同音異字

還有一個單字記憶撇步。那就是「同音異字」記憶法，例如「영」這個字。

	韓文	中 譯	英文拼音
①	영국	→ 英國	yeong.gug
②	영업	→ 營業	yeong.eob
③	영원	→ 永遠	yeong.won
④	영자	→ 影子	yeong.ja
⑤	배영	→ 背泳	bae.yeong

一個「영」音就有「英、營、永、影、泳…」這麼多的相異字。這麼多跟我們相似的地方，也就是我們學習韓語的優勢喔！

反切表：平音、送氣音跟基本母音的組合

母音 子音	ㅏ a	ㅑ ya	ㅓ eo	ㅕ yeo	ㅗ o	ㅛ yo	ㅜ u	ㅠ yu	ㅡ eu	ㅣ i
ㄱ k/g	가 ka	갸 kya	거 keo	겨 kyeo	고 ko	교 kyo	구 ku	규 kyu	그 keu	기 ki
ㄴ n	나 na	냐 nya	너 neo	녀 nyeo	노 no	뇨 nyo	누 nu	뉴 nyu	느 neu	니 ni
ㄷ t/d	다 ta	댜 tya	더 teo	뎌 tyeo	도 to	됴 tyo	두 tu	듀 tyu	드 teu	디 ti
ㄹ r/l	라 ra	랴 rya	러 reo	료 ryeo	로 ro	료 ryo	루 ru	류 ryu	르 reu	리 ri
ㅁ m	마 ma	먀 mya	머 meo	며 myeo	모 mo	묘 myo	무 mu	뮤 myu	므 meu	미 mi
ㅂ p/b	바 pa	뱌 pya	버 peo	벼 pyeo	보 po	뵤 pyo	부 pu	뷰 pyu	브 peu	비 pi
ㅅ s	사 sa	샤 sya	서 seo	셔 syeo	소 so	쇼 syo	수 su	슈 syu	스 seu	시 si
ㅇ —/ng	아 a	야 ya	어 eo	여 yeo	오 o	요 yo	우 u	유 yu	으 eu	이 i
ㅈ ch/j	자 cha	쟈 chya	저 cheo	져 chyeo	조 cho	죠 chyo	주 chu	쥬 chyu	즈 cheu	지 chi
ㅊ ch	차 cha	챠 chya	처 cheo	쳐 chyeo	초 cho	쵸 chyo	추 chu	츄 chyu	츠 cheu	치 chi
ㅋ k	카 ka	캬 kya	커 keo	켜 kyeo	코 ko	쿄 kyo	쿠 ku	큐 kyu	크 keu	키 ki
ㅌ t	타 ta	탸 tya	터 teo	텨 tyeo	토 to	툐 tyo	투 tu	튜 tyu	트 teu	티 ti
ㅍ p	파 pa	퍄 pya	퍼 peo	펴 pyeo	포 po	표 pyo	푸 pu	퓨 pyu	프 peu	피 pi
ㅎ h	하 ha	햐 hya	허 heo	혀 hyeo	호 ho	효 hyo	후 hu	휴 hyu	흐 heu	히 hi

PART 2

韓語入門

韓語跟中文不一樣的地方

　　韓語的特色之一，就是語順跟中文不一樣。我們以拍機車廣告，就迷死大陸眾多粉絲的李敏鎬為例，來造一句：「大家愛李敏鎬。」這句話，韓語的語順是如何呢？

學習重點及關鍵文法
- 語順跟中文不一樣
- 韓語有助詞
- 韓語有體言跟用言
- 重視上下尊卑的表現

基本單字 先記住這些單字喔！　　　　 01

韓　文	唸　法	中　譯
☐ 모두	母．讀 mo.du	大家
☐ 사랑하다	莎．郎．哈．打 sa.rang.ha.da	愛
☐ 저	走 jeo	我
☐ 밥	旁 bab	飯
☐ 먹다	摸姑．打 meok.da	吃
☐ 고 싶어요	姑．細．波．喲 go.si.peo.yo	想…
☐ 주세요	阻．誰．喲 ju.se.yo	請…
☐ 나	那 na	我
☐ 내	內 nae	我

中文的句子排列順序基本上是「主詞+動詞+受詞」；而韓語的句子排列順序是「主詞+受詞+動詞」。

中文語順：主詞 + 動詞 + 受詞
大家愛李敏鎬。

韓語語順：主詞 + 受詞 + 動詞

大家	×	李敏鎬	×	愛
mo.du	ga	i.min.ho	reur	sa.rang.hae.yo

「例句」 모두 가 이민호 를 사랑해요 .
母.讀　卡　衣.敏.呼　路　莎.郎.黑.喲

02　韓語有助詞

 03

韓語中有表示前面接的名詞是主詞的「이 [i]/ 가 [ga]」、「은 [eun]/ 는 [neun]」，表示前面接的名詞是受詞的「을 [eur]/ 를 [reul]」等助詞，這是中文所沒有的。

大家愛李敏鎬。

大家	×	李敏鎬	×	愛
mo.du	ga	i.min.ho	reur	sa.rang.hae.yo

「例句」 모두 가 이민호 를 사랑해요 .
母.讀　卡　衣.敏.呼　路　莎.郎.黑.喲

我吃飯。

我	×	飯	×	吃
jeo	neun	ba	beur	meo.geo.yo

「例句」 저 는 밥 을 먹어요 .
走　能　爬　布兒　末.勾.喲

我는 + 飯을 + 吃。

23

Rule 03 分體言跟用言

一、體言：可以作為主詞的如名詞、代名詞、數詞等，語尾不會變化的。如：

名　詞：개 [gae]（狗）、산 [san]（山）、아버지 [a.beo.ji]（父親）

代名詞：이것 [i.geot]（這個）、저것 [jeo.geot]（那個）

數　詞：일 [il]（1）、삼 [sam]（3）、하나 [ha.na]（一個）、셋 [set]（三個）

二、用言：可以作為述詞的如動詞、形容詞、存在詞、指定詞等，語尾會變化的。如：

動　詞：먹다 [meok.da]（吃）、보다 [bo.da]（看）〈表示動作或作用〉

形容詞：예쁘다 [ye.ppeu.da]（美麗的）、크다 [keu.da]（大的）〈表示事物的性質或狀態〉

存在詞：있다 [it.da]（有、在）、없다 [eop.da]（沒有、不在）〈表示存在與否〉

指定詞：이다 [i.da]（是）、아니다 [a.ni.da]（不是）〈表示對事物的斷定〉

　　您注意到了嗎？上面的動詞、形容詞、存在詞、指定詞，每一個字後面都是「다」。只要是辭書形用言的最後，都會再加上這一個「다 [da]」字。「다」前面的部份，叫做語幹。另外，辭書形也叫原形、基本形。

Rule 04 會變化的用言

　　韓語跟日語一樣，用言的語幹後面，可以接上各種語尾的變化，來表達各式各樣的情境。例如，以「吃」먹다 [meok.da] 來做例子。

現在形：

我吃飯。

「例句」

我는＋飯을＋吃。

24

過去形：

我吃了飯。

|我|×|飯|×|吃了|
|jeo|neun|ba|beur|meo.geo.sseo.yo|

「例句」 저 는 밥 을 먹었어요 .
走 能 爬 布兒 末.勾..手.喲

我는 + 飯을 + 吃了。

希望形：

我想吃飯。

|我|×|飯|×|吃|想|
|jeo|neun|ba|beur|meok|go|si.peo.yo|

「例句」 저 는 밥 을 먹 고 싶어요 .
走 能 爬 布兒 摸 姑 細.波.喲

我는 + 飯을 + 吃 + 想。

請託形：

請吃飯。

|飯|×|吃|請|
|ba|beur|meo|geo|ju.se.yo|

「例句」 밥 을 먹 어 주세요 .
爬 布兒 末 勾 阻.誰.喲

飯을 + 吃 + 請。

重視上下尊卑的關係

　　為什麼韓國人喜歡問對方的年齡，跟是否結婚了呢？那是因為韓國人經常要透過年齡或身分地位，來決定跟對方要使用敬語或半語。只要是對長輩，不論親疏都要用敬語；對晚輩或年紀差不多的人使用半語（一半的語言）。如下：

1. 尊敬的說法有兩種

我吃了飯。

「例句」（禮貌並尊敬的說法）

「例句」（客氣但不是正式的說法）

2. 半語

我吃了飯。

「例句」（上對下或親友間的說法）

「例句」（上對下或親友間的說法）

1. 我是韓國人。

는 , 입니다 , 저 , 한국인
→ (　　　　　　　　　　　) .

2. 我叫金賢重。

김현중 , 이름 , 입니다 , 은
→ (　　　　　　　　　　　) .

3. 我去學校。

는 , 가요 , 학교 , 에 , 저
→ (　　　　　　　　　　　) .

4. 他是社長。

입니다 , 사장 , 그 , 가
→ (　　　　　　　　　　　) .

5. 我看報紙。

는 , 나 , 을 , 신문 , 읽습니다
→ (　　　　　　　　　　　) .

ANSWER
答案

1. 저는 한국인입니다 .
2. 이름은 김현중입니다 .
3. 저는 학교에 가요 .

4. 그가 사장입니다 .
5. 나는 신문을 읽습니다 .

STEP 2 「是＋名詞」平述句型

看到令人無法抵擋的男子魅力與氣質的韓星，衝上前想跟他說「是（你的）粉絲。」就要平述句型了。其他如「是男性」「是韓國」等，對事物表示肯定的論斷，都是用平述句型「是＋名詞」。以尊敬度來排列的話，最高的是「～입니다 [im.ni.da]」，接下來是「～에요 [e.yo]」，最後是「～야 [ya]」。

學習重點及關鍵文法
- 韓國人是非常講究輩份的。
- 是～＝
  ～입니다 [im.ni.da]
  ～에요 [e.yo]
  ～야 [ya]

基本單字　先記住這些單字喔！

 06 CD

韓 文	唸 法	中 譯
□ 자동차	叉.同.擦 ja.dong.cha	汽車
□ 팬	偏 paen	粉絲
□ 남자	男.叉 nam.ja	男性
□ 이것	衣.勾土 i.geot	這個
□ 시계	細.給 si.ge	手錶
□ 한국	韓.哭 han.guk	韓國
□ 학교	哈.叫 hak.gyo	學校
□ 책상	妾可.商 chaek.sang	桌子

到韓國面對年紀比你大的長輩、老師或初次見面的人，要表示高度的禮貌並尊敬對方，說自己「是粉絲」，這個「是～」就用「～입니다 [im.ni.da]」（原形是이다 [i.da]）。只要單純記住「是～ = ～입니다」就可以啦！無論前面接的名詞是母音結尾或是子音結尾，都直接接「～입니다」就行啦。

基本
句型

母音結尾的名詞＋＋입니다 . [im.ni.da]

子音結尾的名詞＋＋입니다 . [im.ni.da]

是汽車。

汽車	是
ja.dong.cha	im.ni.da

「例句」

자동차 입니다 .
叉.同.擦　因.妮.打

是粉絲。

粉絲	是
paen	im.ni.da

「例句」

팬 입니다 .
偏　因.妮.打

---

02 是～ = ～에요 [e.yo]（客氣但不是正式的說法）   08

「是～」還有一種用在親友之間，但說法帶有禮貌、客氣，語氣柔和的「～에요 [e.yo]」。說法比原形的「이다 [i.da]」還要客氣。但禮貌度沒有「입니다 [im.ni.da]」來得高。

基本
句型

母音結尾的名詞＋에요 . [e.yo]

子音結尾的名詞＋이에요 . [i.e.yo]

是男性。

男性	是
nam.ja	ye.yo

「例句」

남자 예요 .
男.叉　也.喲

是粉絲。

粉絲	是
pae	ni.e.yo

「例句」

팬 이에요 .
配　妮.也.喲

是～ = ～야 [ya]（上對下或親友間的說法）

09 CD

看過「冬季戀歌」的人知道嗎？裡面的主角都是同學，所以講的都是「半語」喔！也表示「是～」的「～야 [ya]」用法比較隨便一點，是用在對年紀比自己小，或年紀差不多的親友之間的「半語＝一半的語言」。請注意，對長輩或較爲陌生的人，可不要使用喔！對方可能會覺得你很沒有禮貌，而對你有不好的印象喔！

基本句型

母音結尾的名詞＋야 . [ya]

子音結尾的名詞＋이야 . [i.ya]

是手錶。

手錶	是
si.ge	ya

「例句」
시계 야 .
細．給　牙

是學校。

學校	是
hak.gyo	ya

「例句」
학교 야 .
哈．叫　牙

04　是～ = ～다 [da] .（原形的說法）

10 CD

입니다 [im.ni.da] 的原形是「다 [da] / 이다 [i.da]」。表示「是～」的意思。

基本句型

母音結尾的名詞＋다 . [da]

子音結尾的名詞＋이다 . [i.da]

是手錶。

手錶	是
si.ge	da

「例句」
시계 다 .
細．給　打

是桌子。

桌子	是
chaek.sang	i.da

「例句」
책상 이다 .
妾可．商　衣．打

整理一下

	客氣且正式	稍稍客氣	隨 便	原 形
母音結尾	名詞＋ 입니다 [im.ni.da]	名詞＋ 예요 [ye.yo]	名詞＋ 야 [ya]	名詞＋ 다 [da]
子音結尾	名詞＋ 입니다 [im.ni.da]	名詞＋ 이에요 [i.e.yo]	名詞＋ 이야 [i.ya]	名詞＋ 이다 [i.da]

1. 是上班族。(회사원)
   → (   ).

2. 是暑假。(여름방학)
   → (   ).

3. 是日本人。(일본사람)
   → (   ).

4. 是學校。(학교)
   → (   ).

5. 是11月。(십일월)
   → (   ).

6. 是朋友。(친구)
   → (   ).

ANSWER 答案

1. 회사원입니다 .
2. 여름방학입니다 .
3. 일본사람이에요 .
4. 학교예요 .
5. 십일월이야 .
6. 친구야 .

這一回我們來看韓語的助詞。韓語跟日語一樣，主詞或受詞等後面都要加一個像小婢女一樣的助詞。韓語助詞會因為前接詞的結尾是子音或母音而產生變化。

學習重點及關鍵文法
●無具體意義＝는 [neun] ／ 은 [eun]
●無具體意義＝를 [reur]／ 을 [eur]
●無具體意義＝가 [ga] ／ 이 [i]
●～的＝의 [ui]

基本單字 先記住這些單字喔！

11

韓 文	唸 法	中 譯
□씨	西 ssi	先生，小姐
□친구	親 . 姑 chin.gu	朋友
□오늘	喔 . 努兒 o.neul	今天
□일요일	衣 . 六 . 憶兒 i.ryo.il	星期日
□그	古 geu	他
□사장	莎 . 張 sa.jang	社長
□눈	嫩 nun	雪
□내린다	內 . 吝 . 打 nae.rin.da	下（雪）
□커피	卡 . 匹 keo.pi	咖啡
□마시다	馬 . 細 . 打 ma.si.da	喝
□이름	衣 . 樂母 i.reum	名字
□쓰다	射 . 打 sseu.da	書寫
□누구	努 . 姑 nu.gu	誰

助詞「는 [neun], 은 [eun]」表示前面是主詞，這個主詞是後面要說明、討論的對象。譬如引爆超級韓流的「李敏鎬」，他那不凡的魅力，大大的征服了你。在你心裡，已經把他當成朋友了。要大聲說「敏鎬先生是朋友。」那麼，「는 [neun]」前面的主詞是「敏鎬先生」，後面要說明他「是朋友」。

基本句型

母音結尾的名詞＋는 [neun]

子音結尾的名詞＋은 [eun]

敏鎬先生是朋友。

敏鎬	先生	✕	朋友	是
min.ho	ssi	neun	chin.gu	ye.yo

「例句」

민호	씨	는	친구	예요 .
敏 . 呼	西	能	親 . 姑	也 . 喲

今天是星期日。

今天	✕	星期日	是
o.neu	reun	i.ryo.i	ri.e.yo

「例句」

오늘	은	일요일	이에요 .
喔 . 呢	輪恩	衣 . 六 . 衣	里 . 也 . 喲

＊「씨 [ssi]」（先生、小姐）是對男性及女性禮貌的稱呼。可以接在全名或名字後面，但不能只接在姓氏的後面。也不適用在稱呼長輩、老師或前輩身上。對長輩或必須尊敬的人，通常用「姓氏＋職稱」的稱呼方式。

Rule 02 가 [ga], 이 [i]：**表示主詞**

　　助詞「가 [ga], 이 [i]」前接名詞，表示這一名詞是主詞，這主詞是要說明的對象，或行動狀態的主體。大多含有不是別的，就是這個的指定、限定意味。

 基本句型

> 母音結尾的名詞＋가 [ga]
>
> 子音結尾的名詞＋이 [i]

他是社長。

他	×	社長	是
geu	ga	sa.jang	im.ni.da

「例句」

그	가	사장	입니다
古	卡	莎.張	因.妮.打

.

下雪。

雪	×	下
nu	ni	wa.yo

「例句」

눈	이	와요
努	妮	娃.喲

.

03　를 [reur], 을 [eur]（**表示受詞**）

　　助詞「를 [reur], 을 [eur]」前接名詞，表示這一名詞是後面及物動詞的受詞。

 基本句型

> 母音結尾的名詞＋를 [reur]
>
> 子音結尾的名詞＋을 [eur]

喝咖啡。

咖啡	×	喝
keo.pi	reur	ma.sim.ni.da

「例句」

커피	를	마십니다
卡.匹	路	馬.心.妮.打

.

寫名字。

名字	×	寫
i.reu	meur	sseum.ni.da

「例句」

이름	을	씁니다
衣.魯	母	順.妮.打

.

「의 [e]」是表示所有、領屬、來源等關係的助詞。「의 [e]」不會因為前接詞的結尾是子音或母音而產生變化。要注意的是發音時不念「ui」，要念「e」。相當於中文的「的〜，之〜」。

> 母音結尾的名詞＋의 [e]
>
> 子音結尾的名詞＋의 [e]

是韓國的名產。

韓國	的	名產	是
han.gu	ge	myeong.mu	rim.ni.da

「例句」　한국 의 명물 입니다.
　　　　韓.姑　給　妙.木　衣樸.妮.打

這是誰的東西？

這是	誰	的	東西
i.ge	nu.gu	e	geo. si. e. yo

「例句」　이게 누구 의 것이에요?
　　　　衣.給　努.姑　也　勾.細.也.喲

* 連接表示日期的兩個名詞時，會省略「의 [e]」。如：「내년사월 [nae.nyeon.sa.wor]」（明年 4 月）。「내년 [nae.nyeon]」後面不接「의 [e]」。

另外，第一人稱「저 [jeo]（我）」、「나 [na]（我）」，跟第二人稱「너 [neo]（你）」接「의 [e]」時，各省略成「제 [je]（我的）」、「내 [nae]（我的）」、「네 [ne]（你的）」的念法。

這不是我的東西。

這	×	我的	東西	×	不是
i.geo	seun	nae	geo	si	a.ni.e.yo

「例句」

이것	은	내	것	이	아니에요 .
衣.勾	順	內	勾	細	阿.妮.也.喲

這位是我的朋友。

這	人	×	我的	朋友	是
i	sa.ra	meun	je	chin.gu	im.ni.da

「例句」

이	사람	은	제	친구	입니다 .
衣	莎.郎	運	姊	親.姑	因.妮.打

整理一下

	主詞	主詞	受詞	所有
母音結尾	는 [neun]	가 [ga]	를 [reur]	의 [e]
子音結尾	은 [eun]	이 [i]	을 [eur]	의 [e]

1. 我是男生。

   는 , 입니다 , 남자 , 저

   → ( ) 。

2. 這裡是東大門。

   이에요 , 동대문 , 가 , 여기

   → ( ) 。

3. 吃牛五花肉。

   를 , 먹어요 , 갈비

   → ( ) 。

4. 是韓國的名產。

   입니다 , 의 , 명물 , 한국

   → ( ) 。

5. 買雜誌。

   를 , 삽니다 , 잡지

   → ( ) 。

6. 小孩很可愛。

   는 , 귀여워요 , 아이

   → ( ) 。

ANSWER
答案

1. 저는 남자입니다.
2. 여기가 동대문이에요.
3. 갈비를 먹어요.

4. 한국의 명물입니다.
5. 잡지를 삽니다.
6. 아이는 귀여워요.

動詞・形容詞的基本形（原形）

　　美麗、婀娜多姿的女韓星，常看得所有粉絲眼睛都跟著亮起來啦！叫人直呼：「太美啦！」想趕快「去韓國啦！」。這一回我們就趕快來介紹「去」、「美的」這類的動詞・形容詞的基本形囉！

學習重點及關鍵文法

● 합니다體 [ham.ni.da]：語尾的「다 [da]」變成「ㅂ니다 [b.ni.da]/ 습니다 [seum.ni.da]」
● 해요體 [hae.yo]：語尾的「다 [da]」變成「아요 [a.yo]/ 어요 [eo.yo]」
● 半語體：拿掉「해요體 [hae.yo]」的「요 [yo]」

基本單字　先記住這些單字喔！

 16 CD

韓 文	唸 法	中 譯
□ 전자렌지	怎・叉・連・吉 jeon.ja.ren.ji	微波爐
□ 밖	爬客 bak	外面
□ 거리	勾・里 geo.ri	距離
□ 짐	基母 jim	行李
□ 몸	母 mom	身體
□ 글	股 geul	文章
□ 속도	收・土 sok.do	速度
□ 여행	有・狠 yeo.haeng	旅行
□ 커피	卡・匹 keo.pi	咖啡
□ 돈	洞 don	錢
□ 맛	馬 mat	味道

韓語裡的動詞‧形容詞結尾以「다 [da]」結束的叫「하다體 [ha.da]」，由於詞典裡看到的也是這一形，所以又叫辭書形（也叫基本形、原形）。韓語的動詞‧形容詞結尾是會變化的，例如「去」這個動詞的原形是「가다 [ga.da]」，在華語中，如果要說「不去」，只要加上「不」，但韓語動詞結尾「가다」的「다」要進行變化，來表示「不」的意思，而沒有變化的「가」叫做語幹。形容詞的變化也是一樣的。

☐動詞

原　　形	語　　幹
가다 [ga.da]（去）→	가 [ga]
먹다 [meok.da]（吃）→	먹 [meok]
팔다 [pal.da]（賣）→	팔 [pal]
타다 [ta.da]（搭乘）→	타 [ta]

☐形容詞

原　　形	語　　幹
크다 [keu.da]（大的）→	크 [keu]
작다 [jak.da]（小的）→	작 [jak]
길다 [gil.da]（長的）→	길 [gil]
좋다 [jo.ta]（好的）→	좋 [jot]
덥다 [deop.da]（熱的）→	덥 [deob]

去。→不去。

去		去	不	
ga.da.		ga	ji	an.ta
「例句」 가다 .	→	가	지	않다 .
卡．打		卡	吉	安．打

합니다體 [ham.ni.da]、해요體 [hae.yo] 跟半語體的比較（平述句語尾）

講究輩份的韓國人在會話的結尾，有幾種說話方式。禮貌度不一樣，活用的方式也不一樣。有禮貌並尊敬的「합니다體 [ham.ni.da]」；客氣但不正式的「해요體 [hae.yo]」；上對下或親友間的「半語體」。這又叫用言平述句的語尾，沒有具體的意思。

原　形	語　幹	합니다體	해요體	半語體
가다 [ga.da]（去）	가 [ga]	갑니다 [gam.ni.da]	가요 [ga.yo]	가 [ga]

03　합니다體 [ham.ni.da]

就是把語尾的「다 [da]」變成「ㅂ니다 [b.ni.da]/ 습니다 [seum.ni.da]」就行啦！這是最有禮貌的結束方式。聽韓國的新聞播報，就可以常聽到這一說法。「母音語幹結尾＋ㅂ니다 [b.ni.da]；子音語幹結尾＋습니다」。「母音語幹結尾＋ㅂ니다」的「ㅂ [b]」接在沒有子音的詞，被當作子音（收尾音）。這種活用規則，動詞、形容詞、存在詞、指定詞都適用。

基本句型

母音語幹結尾＋ ㅂ니다 [b.ni.da]

子音語幹結尾＋ 습니다 [seum.ni.da]

原　　形	語　幹	합 니 다 體
가다 [ga.da]（去）→	가 [ga] →	갑니다 [gam.ni.da]
서다 [seo.da]（站立）→	서 [seo] →	섭니다 [seom.ni.da]
싸다 [ssa.da]（便宜）→	싸 [ssa] →	쌉니다 [ssam.ni.da]
앉다 [an.da]（坐下）→	앉 [an] →	앉습니다 [an.seum.ni.da]
먹다 [meok.da]（吃）→	먹 [meog] →	먹습니다 [meok.seum.ni.da]
좋다 [jo.ta]（好的）→	좋 [jot] →	좋습니다 [jot.seum.ni.da]

用微波爐加熱。

加熱	微波爐	用	加熱
de.u.da	jeon.ja.ren.ji	e	de.um.ni.da

「例句」 데우다 ： 전자렌지 에 데웁니다 .
莎.無.打　　怎.叉.連.吉　也　莎.五母.妮.打

在外面玩。

遊玩	外面	在	玩
nol.da	ba	kke.seo	nom.ni.da

「例句」 놀다 ： 밖 에서 놉니다 .
農.打　　爬　給.瘦　農.妮.打

料理很辣。

辣的	料理	×	很辣
jja.da	eum.si	gi	jjam.ni.da

「例句」 짜다 ： 음식 이 짭니다 .
恰.打　　恩.細　給　甲母.妮.打

距離很遠。

遠的	距離	×	很遠
meol.da	geo.ri	ga	meom.ni.da

「例句」 멀다 ： 거리 가 멉니다 .
末兒.打　　科.里　卡　某.妮.打

Rule 04 해요體 [hae.yo]

　　就是把語尾的「다 [da]」變成「아요 [a.yo]/ 어요 [eo.yo]」就行啦！這是一般口語中常用到的客氣但不是正式的平述句語尾「～요 [yo]」的「해요體 [hae.yo]」。這是首爾的方言，由於說法婉轉一般女性喜歡用，男性也可以用。至於動詞、形容詞要怎麼活用呢？那就看語幹的母音是陽母音，還是陰母音來決定了。

□語幹的母音是陽母音時

　　什麼是陽母音呢？那就是向右向上的母音「ㅏ、ㅑ、ㅗ、ㅛ、ㅘ」了。例如「살다 [sal.da]（活著）」、「닫다 [dat.da]（關閉）」、「옳다 [ol.ta]（正確）」等，語幹是陽母音的動詞、形容詞，就要用「語幹＋아 [a] ＋요 [yo]」形式了。只要記住「아 [a]」的「ㅏ [a]」也是陽母音，就簡單啦！

陽母音語幹＋아 [a] ＋요 [yo]

原　形	陽母音語幹	해 요 體
살다 [sal.da]（活著）→	살 [sar]（母音是ㅏ）：	살아요 .[sa.ra.yo]（살＋아＋요）
닫다 [dat.da]（關閉）→	닫 [dad]（母音是ㅏ）：	닫아요 .[da.da.yo]（닫＋아＋요）
옳다 [ol.ta]（正確）→	옳 [ol]（母音是ㅗ）：	옳아요 .[o.la.yo]（옳＋아＋요）
가다 [ga.da]（去）→	가 [ga]（母音是ㅏ）：	가요 .[ga.yo]（가＋아＋요．但因為「ㅏ、아」兩個母音連在一起，所以「아」被省略了。）
대단하다 [dae.dan.ha.da]（了不起）→	대단하 [dae.dan.ha]（母音是ㅏ）：	대단해요 .[dae.dan.hae.yo]（대단하＋아＋요．但因為「하、아」兩個母音連在一起，所以縮約為「해」。）

打包行李。

打包	行李	×	打包
ssa.da	ji	meur	ssa.yo

「例句」 싸다 ： 짐 을 싸요 .
撒.打　　吉　母　撒.喲

身體是冷的。

冷的	身體	×	冷的
cha.da	mo	mi	cha.yo

「例句」 차다 ： 몸 이 차요 .
擦.打　　母　迷　擦.喲

□ 語幹的母音是陰母音時

　　陽母音以外的母音叫「陰母音」，有「ㅓ、ㅕ、ㅜ、ㅠ、ㅡ、ㅣ」。例如：「묻다 [mut.da]（埋葬）」、「서다 [seo.da]（站立）」、「재미있다 [jae.mi.it.da]（有趣）」等，語幹是陰母音的動詞・形容詞，就要用「語幹＋어 [eo] ＋요 [yo]」的形式了。只要記住「어 [eo]」的「ㅓ [eo]」也是陰母音，就簡單啦！

陰母音語幹＋어 [eo] ＋요 [yo]

原　　形	陰母音語幹	해요體
묻다 [mut.da]（埋葬）→	묻 [mud]（母音是ㅜ）：	묻어요 .[mu.deo.yo]（묻＋어＋요）
서다 [seo.da]（站立）→	서 [seo]（母音是ㅓ）：	서요 .[seo.yo]（서＋어＋요 .但是「ㅓ、어」兩個母音連在一起，所以「어」被省略了）
재미있다 [jae.mi.it.da]（有趣）→	재미있 [jae.mi.it]（母音是ㅣ）：	재미있어요 .[jae.mi.i.sseo.yo]（재미있＋어＋요）

43

用韓文寫文章。

寫	韓文	用	文章	×	寫
sseu.da	han.geul	lo	geu	reur	sseo.yo

「例句」 쓰다 ： 한글 로 글 을 써요 ．
射.打　韓.股　樓　古　路　手.喲

速度慢。

慢的	速度	×	慢
neu.ri.da	sok.do	ga	neu.ryeo.yo

「例句」 느리다 ： 속도 가 느려요 ．
呢.里.打　收.土　卡　呢.留.喲

* 例外，「하다 [ha.da]」（做）的特殊變化是「하다 [ha.da] → 해요 [he.yo]」。

44

只要把「해요體 [hae.yo]」最後的「요 [yo]」拿掉就行啦！半語體用在上對下或親友間。在韓國只要是長輩或是陌生人，甚至只大你一歲的人，都不要用「半語體」，否則不僅會被覺得很沒禮貌，還可能會被碎碎念哦！至於動詞‧形容詞要怎麼活用呢？那也是看語幹的母音來決定了。

□語幹的母音是陽母音（ㅏ、ㅑ、ㅗ、ㅛ、ㅘ）時

跟「해요體 [hae.yo]」的活用一樣，最後只要不接「요 [yo]」就行啦！也就是「語幹＋아 [a]」的形式了。

陽母音語幹＋아 [a]

原　形	陽母音語幹	半　語　體
살다 [sal.da](活著) →	살 [sar](母音是ㅏ) :	살아 .[sa.ra] (살＋아)
닫다 [dat.da] (關閉) →	닫 [dad](母音是ㅏ) :	닫아 .[da.da] (닫＋아)
가다 [ga.da] (去) →	가 [ga](母音是ㅏ) :	가 .[ga] (가＋아 . 但因為「ㅏ、아」兩個母音連在一起 , 所以「아」被省略了)
옳다 [ol.ta] (正確) →	옳 [ol](母音是ㅗ) :	옳아 .[o.la] (옳＋아)

去首爾旅行。

去	首爾	×	旅行	×	去
ga.da	seo.ul	lo	yeo.haeng	eur	ga

「例句」 가다 : 서울 로 여행 을 가 .
　　　　卡.打　瘦.爾　樓　有.狠　額　卡

咖啡太濃了。

濃的	咖啡	×	太	濃
jin.ha.da	keo.pi	ga	neo.mu	jin.hae

「例句」 진하다 : 커피 가 너무 진해 .
　　　　親.哈.打　卡.匹　卡　娜.木　親.黑

45

□語幹的母音是陰母音時

跟「해요體 [hae.yo]」的活用一樣，最後只要不接「요 [yo]」就行啦！也就是「語幹＋어 [a]」的形式了。

陰母音語幹＋어 [a]

原　形	陰母音語幹	半　語　體
묻다 [mut.da]（埋葬）→	묻 [mud]（母音是ㅜ）：	묻어 .[mu.deo]（묻＋어 .）
서다 [seo.da]（站立）→	서 [seo]（母音是ㅓ）：	서 .[seo]（서＋어 . 但是「ㅓ、어」兩個母音連在一起 , 所以「어」被省略了）
재미있다 [jae.mi.it.da]（有趣）→	재미있 [jae.mi.it]（母音是ㅣ）：	재미있어 .[jae.mi.i.sseo]（재미있＋어 .）

賺錢。

賺	錢	×	賺
beol.da	do	neur	beo.reo

「例句」　벌다 ：　돈　을　벌어 ．
　　　　撥 . 打　土　奴　波 . 樓

味道甜。

甜的	味道	×	甜的
dal.da	ma	si	da.ra

「例句」　달다 ：　맛　이　달아 ．
　　　　台 . 打　馬　細　它 . 郎

□하變則用言（名詞＋하다 [ha.da]）

韓語中，還有一種動詞跟形容詞用的是「名詞＋하다 [ha.da]」的形式。叫做「하變則用言」（又叫하다用言、여 [yeo] 變則用言）。例如：

> 基本形→하다（사랑하다）[ha.da（sa.rang.ha.da）]
>
> 客氣正式→합니다（사랑합니다）[ham.ni.da（sa.rang.ham.ni.da）]
>
> 客氣非正式→해요（사랑해요）[hae.yo（sa.rang.hae.yo）]

名詞＋하다	하 變 則 用 言
愛＋하다 →	사랑하다.[sa.rang.ha.da]（喜愛。）
感謝＋하다 →	감사하다.[gam.sa.ha.da]（感謝。）
多情＋하다 →	다정하다.[da.jeong.ha.da]（多情、親切）

我愛她（那女人）。

「例句」

那人很親切。

「例句」

PRACTICE 練習 1 請把下面的動詞基本形，改成합니다體、해요體跟半語體。

基本形	中文	합니다體	해요體	半語體
가다	去			
오다	來			
서다	站立			
먹다	吃			

PRACTICE 練習 2 請把〔 〕裡的單字，排出正確的順序，並把（1、2）改成합니다體；（3）改成해요體。

1. 今天好熱。

〔은[×]，덥다^熱，오늘^{今天}〕

→（ ）．

2. 這鐘錶好貴。

〔비싸다^{昂貴}，이^{這個}，는[×]，시계^{時鐘}〕

→（ ）．

3. 這裡好吵。

〔는[×]，시끄럽다^{吵雜}，여기^{這裡}〕

→（ ）．

1.

基本形	中　文	합니다體	해요體	半語體
가다	去	갑니다	가요	가
오다	來	옵니다	와요	와
서다	站立	섭니다	서요	서
먹다	吃	먹습니다	먹어요	먹어

2.

1. 오늘은 덥습니다 .
2. 이 시계는 비쌉니다 .
3. 여기는 시끄러워요 .

粉絲們看到自然清新、才華洋溢、帥氣可愛的韓星，一定有很多問題要問吧！這一回我們來介紹韓語的疑問句。要說「是朋友嗎？」、「你喜歡台灣料理嗎？」的「（是）～嗎？」，要怎麼說呢？

學習重點及關鍵文法

● 합니다體 [ham.ni.da]：去「다 [da]」加「까 [kka]」就行啦
● 해요體 [hae.yo]：只要加上「？」就行啦
● 半語體：只要加上「？」就行啦

基本單字 先記住這些單字喔！

22 CD

韓 文	唸 法	中 譯
□ 신부	心 . 樸 sin.bu	新娘
□ 한국말	韓 . 姑恩 . 馬 han.gung.mal	韓國話
□ 서울	瘦 . 爾 seo.ul	首爾
□ 차	擦 cha	車子
□ 책	姜可 chaek	書
□ 내일	內 . 憶兒 nae.il	明天
□ 가다	卡 . 打 ga.da	去
□ 맛있다	馬 . 西 . 打 ma.sit.da	好吃
□ 한국요리	韓 . 姑恩 . 喲 . 里 han.gung.yo.ri	韓國料理
□ 텔레비전	貼 . 淚 . 比 . 怎 tel.le.bi.jeon	電視
□ 보다	普 . 打 bo.da	看
□ 바다	爬 . 打 ba.da	大海
□ 넓다	弄吳 . 打 neolp.da	遼闊

Rule 01 名詞的疑問句

名詞的疑問句，有「합니다體 [ham.ni.da]」、「해요體 [hae.yo]」跟「半語體」，差別如下。

□합니다體 [ham.ni.da]

禮貌並尊敬的說法「합니다體」的疑問句，句型是「名詞＋입니까?[im.ni.kka]」（是～嗎?）。也就是把平述句的「입니다 [im.ni.da]」（是～）的「다 [da]」改成「까 [kka]」就行啦！例如：「신부입니다 [sin.bu.im.ni.da].（是新娘。）→신부입니까?[sin.bu.im.ni.kka]（是新娘嗎?）」不會因為前接詞的結尾是子音或母音而產生變化。

>
> 基本句型
> 母音結尾的名詞＋입니까?[im.ni.kka]
> 子音結尾的名詞＋입니까?[im.ni.kka]

是新娘嗎?

新娘	是	嗎
sin.bu	im.ni	kka

「例句」

신부 (心.樸) 입니 (因.妮) 까? (嘎)

是韓國話嗎?

韓國話	是	嗎
han.gung.ma	rim.ni	kka

「例句」

한국말 (韓.姑恩.馬) 입니 (衣樸.妮) 까? (嘎)

* 有問就有回，回答「是」就說「네 [ne]」；「不是」就說「아뇨 [a.nyo]」。

51

해요體 [hae.yo]

客氣但不是正式說法「해요體 [hae.yo]」的疑問句，句型是「名詞＋예요?[ye.yo] / 이에요?[i.e.yo]」，也就是在肯定句的句尾加上「?」，發音上揚就行啦。例如：「친구예요 [chin.gu.ye.yo].（是朋友。）→친구예요?[chin.gu.ye.yo]（是朋友嗎?）」。「에 [e]」跟「예 [ye]」看起來很像，但後者多了一條線，可要小心一點哦！我們來看看例句。

是朋友嗎?

是首爾嗎?

朋友	是
chin.gu	ye.yo

首爾	是	嗎
seo.u	ri.e.yo	

「例句」

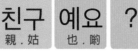

「例句」

 半語體

上對下或親友間的說法「半語體」的疑問句，句型是「名詞＋야?[ya] / 이야?[i.ya]」。也就是在肯定句的句尾加上「?」，發音上揚就行啦。例如：「이건 내 차야.[i.geon.nae.cha.ya]（這是我的車子。）→이건 내 차야?[i.geon.nae.cha.ya]（這是我的車子嗎?）」。

這是我的車子嗎?

這	我的	車子	是	嗎
i.geon	nae	cha	ya	

「例句」

這是我的書嗎?

這	我的	書	是	嗎
i.geon	nae	chae	gi.ya	

「例句」

□ 「야 [ya] ／ 이야 [i.ya]」用在名詞 (特別是人名) 後 , 表示稱呼。
常用於稱呼平輩或對下。

吉珠啊，快到這兒來！

吉珠	啊	快	這兒	到	來
gil.su	ya	ppal.li	i.ri	ro	o.neo.ra

「例句」
길수 야! 빨리 이리 로 오너라.
基兒.樹 牙 八.里 衣.里 樓 喔.樓.拉

整理一下

	名　詞	합니다體	해요體	半語體
母音結尾	친구 [chin.gu] (朋友)	친구입니까？ [chin.gu.im.ni.kka]	친구예요？ [chin.gu.ye.yo]	친구야？ [chin.gu.ya]
子音結尾	학생 [hak.saeng](學生)	학생입니까？ [hak.saeng.im.ni.kka]	학생이에요？ [hak.saeng.i.e.yo]	학생이야？ [hak.saeng.i.ya]

動詞．形容詞的疑問句，也是有「합니다體 [ham.ni.da]」、「해요體 [hae.yo]」跟「半語體」，差別如下。

 □합니다體 [ham.ni.da]

禮貌並尊敬的說法「합니다體 [ham.ni.da]」的疑問句，句型是「動詞．形容詞＋ㅂ니까 ?[b.ni.kka]/ 습니까 ?[seum.ni.kka]」（～嗎？）。也就是把「ㅂ니다 [b.ni.da] / 합니다 [ham.ni.da]」字尾的「다 [da]」改成「까 [kka]」就行啦！

> 基本句型
>
> 母音結尾的名詞＋ㅂ니까 [b.ni.kka]
>
> 子音結尾的名詞＋습니까 [seum.ni.kka]

去→去嗎？

去	去	嗎
ga.da	gam.ni	kka

「例句」 가다 → 갑니 까？
卡.打　　卡母.妮　嘎

明天去學校嗎？

明天	×	學校	×	去	嗎
nae.ir	eun	hak.gyo	e	gam.ni	kka

「例句」 내일 은 학교 에 갑니 까？
內.衣　輪恩　哈.叫　也　卡母.妮　嘎

好吃→好吃嗎？

好吃	好吃	嗎
ma.sit.da	ma.sit.seum.ni	kka

「例句」 맛있다 → 맛있습니 까？
馬.西.打　　馬.西.師母.妮　嘎

台灣料理好吃嗎？

台灣料理	×	好吃	嗎
dae.man.yo.ri	neun	ma.sit.seum.ni	kka

「例句」 대만요리 는 맛있습니 까？
貼.滿.喲.里　能　馬.西.師母.妮　嘎

해요體 [hae.yo]

客氣但不是正式說法「해요體 [hae.yo]」的疑問句，句型是「動詞・形容詞＋아요？[a.yo] ／ 어요?[eo.yo]」，只要在「해요體 [hae.yo]」平述句（가요 [ga.yo] 等）的句尾加上「？」，然後發音上揚就行啦！「아 [a]」跟「어 [eo]」長很像，可要小心一點哦！我們來看看例句。

看電視嗎？

電視	×	看	嗎
tel.le.bi.jeo	neur	bwa.yo	

「例句」 **텔레비전 을 봐요 ？**
貼.淚.比.走　奴　拔.喲

大海遼闊嗎？

大海	×	遼闊	嗎
ba.da	neun	neol.beo.yo	

「例句」 **바다 는 넓어요 ？**
爬.打　能　男兒.波.喲

什麼叫「陽母音」跟「陰母音」呢？陽母音是向右向上的母音，有「ㅏ、ㅑ、ㅗ、ㅛ、ㅘ」，例如：「살다 [sal.da]（活著）」、「닫다 [dat.da]（關閉）」、「옳다 [ol.ta]（正確）」等；陽母音以外的母音叫「陰母音」有「ㅓ、ㅕ、ㅜ、ㅠ、ㅡ、ㅣ」，例如：「묻다 [mut.da]（埋葬）」、「서다 [seo.da]（站立）」、「재미있다 [jae.mi.it.da]（有趣）」等。

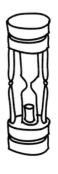

□ 半語體

上對下或親友間的說法「半語體」的疑問句，只要把「해요體 [hae.yo]」最後的「요 [yo]」
去掉，然後句尾加上「？」就行啦！

看電視嗎？

「例句」

텔레비전 을 봐 ？
貼.淚.比.走 奴 拔

大海遼闊嗎？

「例句」

바다 는 넓어 ？
爬.打 能 男兒.波

整理一下

動詞・形容詞	합니다體	해요體	半語體
가다 [ga.da] （去）	갑니까？ [gam.ni.kka]	가요？ [ga.yo]	가？[ga]
먹다 [meok.da] （吃）	먹습니까？ [meok.seum.ni.kka]	먹어요？ [meo.geo.yo]	먹어？[meo.geo]
예쁘다 [ye.ppeu.da] （可愛）	예쁩니까？ [ye.ppeum.ni.kka]	예뻐요？ [ye.ppeo.yo]	예뻐？ [ye.ppeo]
멀다 [meol.da] （遠的）	멉니까？ [meom.ni.kka]	멀어요？ [meo.reo.yo]	멀어？ [meo.reo]

1. 你是台灣人。
당신은 대만사람이다.
→ (　　　　　　　　　　　) ?

2. 是上班族。
회사원이다.
→ (　　　　　　　　　　　) ?

3. 這個好吃。
이것은 맛있다.
→ (　　　　　　　　　　　) ?

4. 這個有趣。
이것은 재미있다.
→ (　　　　　　　　　　　) ?

5. 他吃蔬菜。
그는 야채를 먹다.
→ (　　　　　　　　　　　) ?

6. 去首爾。
서울에 가다.
→ (　　　　　　　　　　　) ?

ANSWER 答案
1. 당신은 대만사람입니까?.　　4. 이것은 재미있어요?
2. 회사원입니까?　　　　　　　5. 그는 야채를 먹어?
3. 이것은 맛있어요?　　　　　　6. 서울에 가?

57

這一回我們來談談韓語的否定句。要說「我不是韓國人。」「我不去。」「我不喜歡。」的「不是～」，要怎麼說呢？

學習重點及關鍵文法

● 名詞的否定句：
가 [ga]／이 아니다 [i.a.ni.da]
● 動詞‧形容詞否定句 1：
안 [an] ＋動詞‧形容詞
● 動詞‧形容詞否定句 2：
動詞語幹＋지 않다 [ji.an.ta]

基本單字 | 先記住這些單字喔！

韓 文	唸 法	中 譯
□ 나	那 na	我
□ 주부	阻．樸 ju.bu	主婦
□ 책	妾可 chaek	書
□ 마시다	馬．細．打 ma.si.da	喝
□ 높다	歪普．打 nop.da	高
□ 맵다	沒．打 maep.da	辣
□ 남동생	男．同．先 nam.dong.saeng	弟弟
□ 공부	工．樸 gong.bu	念書
□ 걱정	勾．窮 geok.jeong	擔心
□ 지금	吉．滾 ji.geum	現在
□ 짜다	恰．打 jja.da	鹹的

名詞的否定句「가 [ga]/ 이 아니다 [i.a.ni.da]」

名詞的否定句用「가 [ga]/ 이 아닙니다 [i.a.nim.ni.da]；가 [ga]/ 이 아니예요 [i.a.ni.ye.yo]」，原形是「가[ga]/ 이 아니다[i.a.ni.da]」。相當於中文的「不是～」。很簡單吧！

 基本句型

母音結尾的名詞＋가 아닙니다 [ga.a.nim.ni.da]
子音結尾的名詞＋이 아닙니다 [i.a.nim.ni.da]

我不是主婦。

我	×	主婦	×	不是
na	neun	ju.bu	ga	a.ni.ye.yo

「例句」

나	는	주부	가	아니예요.
那	能	阻.樸	卡	阿.妮.也.喲

這不是書。

這	×	書	×	不是
i.geo	seun	chae	gi	a.nim.ni.da

「例句」

이것	은	책	이	아닙니다.
衣.勾	順	切	給	阿.你母.妮.打

我們在這裡要學習動詞跟形容詞的兩種否定句。先介紹第一種「안 [an]＋動詞・形容詞」。只要在動詞跟形容詞形容詞前面加上「안 [an]」就行啦！簡單吧！只是，有「하다 [ha.da]」的動詞，一般「하다 [ha.da]」前面要接「안 [an]」。常用在會話上。我們來看一下例句。

□안 [an]＋動詞

只要在動詞「간다 [gan.da]」（去）、尊敬形的「갑니다 [gam.ni.da]」（去）等平述句前加上「안 [an]」，就行啦！使用「안 [an]」的否定句，是表示由自己的意志，不做該動作。

```
an    gan.da   an gan.da
안+ 간다 =안 간다 （不去）
an    gam.ni.da   an gam.ni.da
안+ 갑니다 =안 갑니다 （不去）
an    ga.yo   an ga.yo
안+ 가요 =안 가요 （不去）
```

我不去。

我	×	不	去
na	neun	an	ga.yo

「例句」

나	는	안	가요.
那	能	安	卡.喲

我不喝。

我	×	不	喝
na	neun	an	ma.syeo.yo

「例句」

나	는	안	마셔요.
那	能	安	馬.秀.喲

□안 [an] ＋形容詞

這個不貴。

這個	×	不	貴
i.geo	seun	an	bi.ssa.yo
이것	은	안	비싸요 .
衣.勾	順	安	比.撒.喲

這個不辣。

這個	不	辣
i.geo	an	mae.wo.yo
이거	안	매워요 .
衣.勾	安	每.我.喲

□하다 [ha.da] ＋動詞

弟弟不念書。

弟弟	×	念書	不	
nam.dong.seng	eun	gong.bu	an	he.yo
남동생	은	공부	안	해요 .
男.同.生	運	工.樸	安	內.喲

我不擔心。

我	×	擔心	不	
na	neun	geok.jeong	an	he.yo
나	는	걱정	안	해요 .
那	能	勾.窮	安	內.喲

只要動詞跟形容詞的語幹加上「지 않습니다 [ji.an.seum.ni.da] / 않아요 [a.na.yo]」原形是「지 않다 [ji.an.ta]」。意思跟上面的「안 [an] +動詞・形容詞」一樣。

□動詞語幹＋지 않다 [ji.an.ta] / 않습니다 [an.seum.ni.da] / 않아요 [a.na.yo]

不去學校。

學校	×	去	不
hak.gyo	e	ga	ji	an.seum.ni.da

「例句」 학교 에 가 지 않습니다 . (가다 : 去)
哈.叫　也　卡　吉　安.師母.妮.打

現在不學習。

現在	學習	不
ji.geum	gong.bu.ha	ji	a.na.yo

「例句」 지금 공부하 지 않아요 . (공부하다 : 學習)
吉.滾　工.樸.哈　吉　阿.那.喲

□形容詞語幹＋지 않다 [ji.an.ta] / 않습니다 [an.seum.ni.da] / 않아요 [a.na.yo]

不鹹。

鹹	不
jja	ji	an.seum.ni.da

「例句」 짜 지 않습니다 . (짜다 : 鹹的)
恰　吉　安.師母.妮.打

不可愛。

可愛	不
ye.ppeu	ji	a.na.yo

「例句」 예쁘 지 않아요 . (예쁘다 : 美麗的)
也.不　吉　阿.那.喲

PRACTICE 練習 請用否定句回答下面的問題。（1、2）是禮貌並尊敬的說法；（3～6）是客氣但不正式說法。

1. A: 這是書嗎？　B: 這不是書。

   A：책이입니까？（用：아니다）
   B：→（　　　　　　　　　　）

2. A: 這個辣嗎？　B: 這個不辣。

   A：이것은 맵습니까？（用：지 않다）
   B：（　　　　　　　　　）

3. A: 吃肉嗎？　B: 不吃肉。

   A：고기는 먹어요？（用：안＋動詞）
   B：（　　　　　　　　　）

4. A: 現在忙嗎？　B: 現在不忙。

   A：지금 바빠요？（用：안＋形容詞）
   B：（　　　　　　　　　）

5. A: 去韓國嗎？　B: 不去韓國。

   A：한국에 가요？（用：지 않다）
   B：（　　　　　　　　　）

ANSWER 答案
1. 책이아닙니다．
2. 이것은 맵지 않습니다．
3. 고기는 안 먹어요．
4. 지금 안 바빠요．
5. 한국에 가지 않아요．

指示代名詞

韓流天王即將來台會粉絲，為了要和韓星近身接觸擊掌，一定要大喊：「歐巴！這裡！」。這個「這裡」就是指示代名詞了。這一回我們就來介紹一下指示代名詞吧！

學習重點及關鍵文法

● 이 [i]：指離說話者近的人事物
● 그 [geu]：指離聽話者近的人事物
● 저 [jeo]：指離說話者跟聽話者都遠的人事物
● 어느 [eo.neu]：指範圍不確定的人事物

基本單字 先記住這些單字喔！

29 CD

韓 文	唸 法	中 譯
☐ 좋아하다	秋 . 阿 . 哈 . 打 jo.a.ha.da	喜歡
☐ 건물	滾 . 母 geon.mul	建築物
☐ 학교	哈 . 叫 hak.gyo	校舍
☐ 요리	喲 . 里 yo.ri	料理
☐ 코스	庫 . 思 ko.seu	套餐
☐ 얼마	偶而 . 馬 eol.ma	多少（錢）
☐ 신발	心 . 拔 sin.bal	鞋子
☐ 사과	莎 . 瓜 sa.gwa	蘋果
☐ 빵	幫 ppang	麵包
☐ 노트	喔 . 特 no.teu	筆記本
☐ 편의점	騙 . 妮 . 窮 pyeo.ni.jeom	便利商店
☐ 우체국	無 . 切 . 哭 u.che.guk	郵局
☐ 화장실	化 . 張 . 吸 hwa.jang.sil	廁所

Rule 01 指示代名詞

 30 CD

韓語的指示代名詞，就從「이 [i]（這），그 [geu]（那），저 [jeo]（那），어느 [eo.neu]（哪）」學起吧！

	代名詞	連體詞	事物	場所
近	이 [i] 這 （離自己近）	이 사람 [i.sa.ram] 這位	것 [geot] 這個	여기 [yeo.gi] 這裡
中	그 [geu] 那 （離對方近）	그 사람 [geu.sa.ram] 那位	그것 [geu.geot] 那個	거기 [geo.gi] 那裡
遠	저 [jeo] 那 （離雙方遠）	저 사람 [jeo.sa.ram] 那位	저것 [jeo.geot] 那個	저기 [jeo.gi] 那裡
未知	어느 [eo.neu] 哪（疑問）	어느 분 [eo.neu.bun] 哪位	어느 것 [eo.neu.geot] 哪個	어디 [eo.di] 哪裡

이 [i] 前接名詞，指離說話者近的人事物。
그 [geu] 前接名詞，從說話一方來看，指離聽話者近的人事物。
저 [jeo] 前接名詞，指離說話者跟聽話者都遠的人事物。
어느 [eo.neu] 前接名詞，指範圍不確定的人事物。

這位是誰呢？

這	位	×	誰	是	呢
i	bu	ni	nu.gu	im.ni	kka

「例句」 이 분 이 누구 입니 까？

衣　樸　妮　努.姑　因.妮　嘎

（我）喜歡那個。

那個	×	喜歡
geu.geo	seur	jo.a.ham.ni.da

「例句」 그것 을 좋아합니다.

古.勾　思　兒秋.阿.哈母.妮.打

那棟建築物是我們的校舍。

那棟	建築物	×	我們	校舍	是
jeo	geon.mu	ri	u.ri	hak.gyo	im.ni.da

「例句」 저 건물 이 우리 학교 입니다.

走　滾.木　里　無.里　哈.叫　因.妮.打

這裡是哪裡呢？

這裡	×	哪裡	是	呢
yeo.gi	neun	eo.di	im.ni	kka

「例句」 여기 는 어디 입니 까？

有.給　能　喔.低　因.妮　嘎

「이 [i]（這），그 [geu]（那），저 [jeo]（那），어느 [eo.neu]（哪）」像連體嬰後面必須要接名詞，不能單獨使用，所以又叫指示連體詞。韓國人在喊別人時，也會用「저 [jeo] ～」（喂～），一邊思考一邊說話的，也會說「그 [geu] ～」（嗯～）。

喜歡這道料理。

那份套餐多少錢？

那雙鞋多少錢？

喜歡哪本書呢？

將「이 [i]、그 [geu]、저 [jeo]、어느 [eo.neu]」加上表示事物的「것 [geot]」就成為事物指示代名詞「이것 [i.geot]、그것 [geu.geot]、저것 [jeo.geot]、어느것 [eo.neu.geot]」，來指示事物。

這是蘋果。

這	×	蘋果	是
i.geo	seun	sa.gwa	im.ni.da

「例句」 이것 은 사과 입니다.
衣.勾　順　莎.瓜　因.妮.打

那很貴嗎？

那	×	很貴嗎？
geu.geo	seun	bi.ssa.yo

「例句」 그것 은 비싸요？
古.勾　順　比.撒.喲

那不是麵包。

那	×	麵包	×	不是
jeo.geo	seun	ppang	i	a.ni.ye.yo

「例句」 저것 은 빵 이 아니예요.
走.勾　順　幫　衣　阿.妮.也.喲

筆記本是哪個？

筆記本	×	哪個	是	？
no.teu	neun	eo.neu.geo	sim.ni	kka

「例句」 노트 는 어느것 입니 까？
奴.特　能　喔.呢.勾　心.妮　嘎

場所指示代名詞，有些不一樣，「여기 [yeo.gi]、거기 [geo.gi]、저기 [jeo.gi]、어디 [eo.di]」。這一回我們來介紹韓語的存在詞。存在詞就是表示有某人事物或是沒有某人事物的詞。

哥哥！（看）這裡！

哥哥	這裡
o.ppa	yeo.gi.yo

「例句」

오빠 ~ 　　 여기요 !
歐.巴　　　有.給.喲

這裡是首爾。

這裡	×	首爾	是
yeo.gi	neun	seo.u	rim.ni.da

「例句」

여기 는 서울 입니다 .
有.給　能　瘦.無　衣樸.妮.打

那裡是便利商店。

那裡	×	便利商店	是
geo.gi	neun	pyeo.ni.jeo	mi.ye.yo

「例句」

거기 는 편의점 이예요 .
勾.給　能　騙.妮.走　迷.也.喲

69

那裡是郵局。

那裡	×	郵局	是
jeo.gi	neun	u.che.gu	gi.e.yo

「例句」 저기 는 우체국 이에요 .
走.給　能　無.切.姑　給.也.喲

廁所在哪裡？

廁所	×	哪裡	在	呢
hwa.jang.si	reun	eo.di	im.ni	kka

「例句」 화장실 은 어디 입니 까 ?
化.張.細　輪恩　喔.低　因.妮　嘎

1. 那本書是教科書嗎？

（　　　　　　　） 책은 교과서입니까?

2. 這叫什麼魚？

（　　　　　　　） 생선은 뭐예요?

3. 那是 500 韓元。

（　　　　　　　） 은 500 원입니다.

4. 那是誰的？

（　　　　　　　） 은 누구 것입니까?

5. 這裡是學校。

（　　　　　　　） 는 학교입니다.

6. 那裡是車站。

（　　　　　　　） 가 역입니다.

語 群

그것, 저기, 그, 저것, 여기, 이

ANSWER 答案

1. 그 책은 교과서입니까?
2. 이 생선은 뭐예요?
3. 그것은 500 원입니다.
4. 저것은 누구 것입니까?
5. 여기는 학교입니다.
6. 저기가 역입니다.

存在詞

這一回我們來介紹韓語的存在詞。存在詞就是表示有某人事物或是沒有某人事物的詞。

34 CD

基本單字 先記住這些單字喔！

韓 文	唸 法	中 譯
□ 카드	卡 . 都 ka.deu	卡片
□ 집	幾 jip	家
□ 개	給 gae	狗
□ 맥주	妹 . 阻 maek.ju	啤酒
□ 형제	玄 . 姊 hyeong.je	兄弟
□ 고양이	姑 . 楊 . 衣 go.yang.i	貓
□ 가방	卡 . 胖 ga.bang	書包
□ 연필	由 . 皮兒 yeon.pil	鉛筆
□ 백화점	配 . 瓜 . 窮 bae.kwa.jeom	百貨公司
□ 흰색	很 . 誰個 hin.saek	白色

Rule 01 있다 [it.da]（有）：表示有某人事物存在 35 **CD**

表示有某人事物存在，韓語用「있다 [it.da]」。禮貌並尊敬的說法是「있습니다 [it.seum.ni.da]」，客氣但不是正式的說法是「있어요 [i.sseo.yo]」。

這裡有。

「例句」

有卡片。

「例句」

家裡有狗。

「例句」

那麼，我們來看看在句子裡要怎麼活用呢？

原　形	極尊敬	尊　敬	極尊敬的疑問形	尊敬的疑問形
있다 [it.da]	있습니다 [it.seum.ni.da]	있어요 [i.sseo.yo]	있습니까？ [it.seum.ni.kka]	있어요？ [i.sseo.yo]
有	有	有	有嗎？	有嗎？

73

有啤酒。

啤酒	×	有
maek.ju	ga	it.seum.ni.da

「例句」 맥주 가 있습니다.

妹.阻　卡　乙.師母.妮.打

有兄弟。

兄弟	×	有
hyeong.je	ga	it.seum.ni.da

「例句」 형제 가 있습니다.

玄.姊　卡　乙.師母.妮.打

家裡有貓。

家裡	在	貓	×	有
ji	be	go.yang.i	ga	i.sseo.y

「例句」 집 에 고양이 가 있어요.

吉　杯　姑.楊.衣　卡　衣.手.喲

有便利商店嗎？

便利商店	×	有	嗎
pyeo.ni.jeo	mi	it.seum.ni	kka

「例句」 편의점 이 있습니 까?

騙.妮.走　迷　乙.師母.妮　嘎

也有狗嗎？

狗	也	有嗎
gae	do	i.sseo.yo

「例句」 개 도 있어요?

給　土　衣.手.喲

74

없다 [eop.da]（沒有） ：表示沒有某人事物的存在 36 CD

　　表示沒有某人事物的存在，韓語用「없다 [eop.da]」。禮貌並尊敬的說法是「없습니다 [eop.seum.ni.da]」，客氣但不是正式的說法是「없어요 [eop.seo.yo]」。

沒有學生。

 學生　×  沒有
hak.saeng　i　eop.seum.ni.da

「例句」

학생	이	없습니다 .
哈 . 先	衣	歐不 . 師母 . 妮 . 打

書包裡沒有書。

 書包　在　書　× 沒有
ga.bang　e　chae　gi　eop.seo.yo

「例句」

가방	에	책	이	없어요 .
卡 . 胖	也	切	給	歐不 . 瘦 . 喲

這裡沒有鉛筆。

這裡　在　鉛筆　× 沒有
yeo.gi　e　yeon.pi　ri　eop.da

「例句」

여기	에	연필	이	없다 .
有 . 給	也	由 . 匹	里	歐不 . 打

* 經常跟없다 [eop.da]（沒有）一起用的單字「아무도 [a.mu.do]」（誰也）、「아무것도 [a.mu.geot.do]」（什麼也）、「하나도 [ha.na.do]」（一個也）等，也一並記下來吧！

沒有人在。

「例句」

沒有人在。

誰	也	不在
a.mu	do	eop.seum.ni.da

아무 도 없습니다 ．
有．給　也　歐不．師母．妮．打

什麼也沒有。

「例句」

什麼也沒有。

什麼	也	沒有
a.mu.geot	do	eop.seum.ni.da

아무것 도 없습니다 ．
阿．木．勾　土　歐不．師母．妮．打

那麼，我們來看看在句子裡要怎麼活用呢？

原 形	極 尊 敬	尊 敬	極尊敬的疑問形	尊敬的疑問形
없다	없습니다	없어요	없습니까？	없어요？
[eop.da]	[eop.seum.ni.da]	[eop.seo.yo]	[eop.seum.ni.kka]	[eop.seo.yo]
沒有	沒有	沒有	沒有嗎？	沒有嗎？

沒有百貨公司。

百貨公司	×	沒有
bae.kwa.jeo	mi	eop.seum.ni.da

「例句」

백화점 **이** **없습니다** .
配 . 瓜 . 走　迷　歐不 . 師母 . 妮 . 打

沒有朋友嗎？

朋友	×	沒有	嗎
chin.gu	ga	eop.seum.ni	kka

「例句」

친구 **가** **없습니** **까** ?
親 . 姑　卡　歐不 . 師母 . 妮　嘎

沒有白色的。

白色的	×	沒有嗎
hin.sae	geun	eop.seo.yo

「例句」

흰색 **은** **없어요** ?
很 . 誰　滾　歐不 . 瘦 . 喲

沒有記憶嗎？

記憶	×	沒有	嗎
gi.eo	gi	eop.seum.ni	kka

「例句」

기억 **이** **없습니** **까** ?
給 . 喔　給　歐不 . 師母 . 妮　嘎

請從下面的語群中，選出存在詞，填入（　）完成韓語句子。可以重複選兩次。

1. 這裡有鉛筆。

여기에 연필이 (　　　　　　　) .

2. 那裡有汽車嗎？

저기에 자동차가 (　　　　　　) .

3. 有學生嗎？

학생이 (　　　　　　) ?

4. 沒有綠茶。

녹차는 (　　　　　　) .

5. 這裡沒有百貨公司嗎？

여기에는 백화점이 (　　　　　) .

6. 一個也沒有嗎？

하나도 (　　　　　　) ?

語群

있습니다 , 있습니까 , 없습니다 , 없습니까

專程飛到韓國看演唱會的人一定不少吧！到了韓國，跟韓國人說「我從台灣來的」，這裡的「從～」就是這一回我們要介紹的助詞。韓語跟日語一樣，主詞或受詞等後面都要加一個像小婢女一樣的助詞。

學習重點及關鍵文法
● 에 [e] ＝給～，去～
● 에서 [e.seo] ＝在某處～，從～
● 로 [ro] ＝用～
● 와 [wa], 과 [gwa] ＝～同～
● 부터 [bu.teo] ～까지 [kka.ji] ＝從～到～

基本單字 先記住這些單字喔！

37 CD

韓 文	唸 法	中 譯
□ 유원지	友 . 旺 . 吉 yu.won.ji	遊樂園
□ 논다	農 . 打 non.da	遊玩
□ 도서관	土 . 瘦 . 光 do.seo.gwan	圖書館
□ 출발	糗 . 拔 chul.bal	出發
□ 나라	那 . 郎 na.ra	國家
□ 쓰다	射 . 打 sseu.da	書寫
□ 손	鬆 son	手
□ 차	擦 cha	茶
□ 우유	無 . 友 u.yu	牛奶
□ 약	牙 yak	藥品
□ 컵	摳撲 keop	玻璃杯
□ 맛있다	馬 . 西 . 打 ma.sit.da	好吃
□ 부산	樸 . 三 bu.san	釜山

Rule 01　에 [e], 에게 [e.ge], 한테 [han.te]（給～，去～）：表示對象

38 CD

表示動作、作用的對象或方向，有助詞「에 [e], 에게 [e.ge], 한테 [han.te]」，可以分爲對象是物品用「에 [e]」；對象是有生命的人或動物用「에게 [e.ge], 한테 [han.te]」，會話時大多用「한테 [han.te]」。不會因爲前接詞的結尾是子音或母音而產生變化。相當於中文的「給～，去～，往～」。

	去首爾。			給我	
	首爾 seo.u	往 re	去 gam.ni.da	我 na	給 e.ge
「例句」	서울 瘦.無	에 淚	갑니다. 卡母.妮.打	「例句」 나 那	에게 也.給

02　에서 [e.seo]（在某處～）：表示場所

39 CD

「에서 [e.seo]」表示動作進行的場所。「에서 [e.seo]」不會因爲前接詞的結尾是子音或母音而產生變化。相當於中文的「在某處～」。

在遊樂園遊玩。

	遊樂園 yu.won.ji	在 e.seo	遊玩 no.rat.seum.ni.da
「例句」	유원지 友.旺.吉	에서 也.瘦	놀았습니다. 喔.啦特.師母.妮.打

在圖書館讀書。

	圖書館 do.seo.gwa	在 ne.seo	讀書 gong.bu.hae.yo
「例句」	도서관 土.瘦.瓜	에서 內.瘦	공부해요. 工.樸.黑.喲

□에서 [e.seo] 也表示場所

「에서 [e.seo]」也表示動作的起點。相當於中文的「從～」。

從東京出發。

東京	從	出發
do.kyo	e.seo	chul.bal.ham.ni.da
도쿄	에서	출발합니다.
土.給優	也.瘦	糗.拔.哈母.妮.打

「例句」

來自哪個國家呢？

哪個	國家	自	來呢
eo.neu	na.ra	e.seo	wa.sseo.yo
어느	나라	에서	왔어요?
喔.呢	那.郎	也.瘦	娃.手.喲

「例句」

---

03 로 [ro], 으로 [eu.ro]（以～，用～，搭～）：表示手段

「로 [ro], 으로 [eu.ro]」是表示行動的手段和方法。相當於中文的「以～，用～，搭～」。

> **基本句型**
>
> 母音結尾的名詞＋로 [ro]
>
> 子音結尾的名詞＋으로 [eu.ro]

從台灣坐飛機來的。

台灣	從	飛機	坐	來的
dae.ma	ne.seo	bi.haeng.gi	ro	wa.sseo.yo
대만	에서	비행기	로	왔어요.
貼.馬	內.瘦	比.狠.給	樓	娃.手.喲

「例句」

用手寫。

手	用	寫
so	neu.ro	sseum.ni.da
손	으로	씁니다.
嫂	呢.樓	順.妮.打

「例句」

Rule 04 와 [wa], 과 [gwa]（和～，跟～，同～）：表示並列

　　「와 [wa], 과 [gwa]」表示連接兩個同類名詞的並列助詞。相當於中文的「和～，跟～，同～」。

母音結尾的名詞＋와 [wa]

子音結尾的名詞＋과 [gwa]

茶跟牛奶

茶	跟	牛奶
cha	wa	u.yu

「例句」

차　　와　　우유
擦　　娃　　無.友

藥品跟玻璃杯

藥品	跟	玻璃杯
yak	gwa	keop

「例句」

약　　과　　컵
牙　　瓜　　摳撲

82

「도 [do]」是表示包含關係的助詞，表示兩個以上的事物或狀況。「도 [do]」不會因爲前接詞的結尾是子音或母音而產生變化。相當於中文的「也〜，還〜」。

我也是學生。

我	也	學生	是
na	do	hak.saeng	i.e.yo

「例句」

나 도 학생 이에요 .
那 土 哈.先 衣.也.喲

這個也好吃。

這個	也	好吃
i.geot	do	ma.si.sseo.yo

「例句」

이것 도 맛있어요 .
衣.勾 土 馬.細.手.喲

---

06 부터 [bu.teo] 〜까지 [kka.ji] 〜（從〜到〜）：表示時間的起點跟終點

43

表示時間的起點跟終點用「〜부터 [bu.teo] 〜까지 [kka.ji]」，如果要表示場所的起點跟終點用「〜에서 [e.seo] 〜까지 [kka.ji]」。

上課從 10 點到 11 點。

10 點	從	11 點	到	上課
yeor.si	bu.teo	yeol.han.si	kka.ji	su.eo.bim.ni.da

「例句」

열시 부터 열한시 까지 수업입니다 .
優兒.細 樸.拖 又.韓.細 嘎.吉 樹.喔.冰.妮.打

開車從首爾到釜山。

首爾	從	釜山	到	開車
seo.u	re.seo	bu.san	kka.ji	un.jeon.ham.ni.da

「例句」

서울 에서 부산 까지 운전합니다 .
瘦.無 涙.瘦 樸.三 嘎.吉 恩.怎.哈母.妮.打

83

1. 給台灣打電話。

대만 ( ) 전화 해요 .

2. 在市場買東西。

시장 ( ) 샀어요 .

3. 用電子郵件回信。

메일 ( ) 답장을 했습니다 .

4. 錢跟錢包弄丟了。

돈 ( ) 지갑을 잃어버렸습니다 .

5. 從首爾開車到釜山。

서울 ( ) 부산 ( ) 운전 합니다 .

語群

과 , 로 , 에 , 까지 , 에서

ANSWER 答案

1. 대만에 전화 해요 .
2. 시장에서 샀어요 .
3. 메일로 답장을 했습니다 .
4. 돈과 지갑을 잃어버렸습니다 .
5. 서울에서 부산까지 운전합니다 .

PART 3

打好韓語基礎

名詞・動詞・形容詞的過去式

終於來到過去式了，表示過去的經驗的，例如：「那齣韓劇太棒啦！」要怎麼說呢？這一回我們就來介紹韓語名詞・動詞・形容詞的過去式，其實很簡單的哦！

學習重點及關鍵文法

● 名詞：注意前接詞的結尾
● 名詞：表示過去的였다 [yeot.da] / 이었다 [i.eot.da]
● 動詞・形容詞：重點在陽母音・陰母音
● 動詞・形容詞：表示過去的았 [at] / 었 [eot]

基本單字 先記住這些單字喔！

韓 文	唸 法	中 譯
□ 선수	松．樹 seon.su	選手
□ 생일	先．憶兒 saeng.il	生日
□ 알다	愛．打 al.da	知道
□ 먹다	摸．姑．打 meok.da	吃
□ 쓰다	射．打 sseu.da	寫
□ 춥다	抽譜．打 chup.da	寒冷的
□ 드라마	都．郎．馬 deu.ra.ma	連續劇
□ 그때	古．爹 geu.ttae	那時候
□ 택시	特．細 taek.si	計程車
□ 공항	工．航 gong.hang	機場

名詞的過去式，會根據前接詞的結尾是子音或母音而產生變化。原形是「였다 [yeot. da]/ 이었다 [i.eot.da]」，禮貌並尊敬的說法是「였습니다 [yeot.seum.ni.da]/ 이었습니다 [i.eot.seum.ni.da]」，客氣但不是正式的說法是「였어요 [yeo.sseo.yo]/ 이었어요 [i.eo.sseo. yo]」，隨便的說法是「였어 [yeo.sseo]/ 이었어 [i.eo.sseo]」。相當於中文的「（過去）是～；（曾經）是～」。

基本句型

母音結尾的名詞＋였다 [yeot.da]

子音結尾的名詞＋이었다 [i.eot.da]

例句

■ 曾經是選手。

seon.s u   seon.s u   yeot.d a   seon.s u.yeot.d a
선 수 (選手) → 선 수 + 였다 .= 선수였다 .

■ 「那天」是生日。

saeng. i r   saeng. i r   i .eot.d a   saeng. i r i .eot.d a
생 일 (生日) → 생 일 + 이었다 .= 생일이었다 .

昨天生日。

昨天	×	生日	過
eo.je	ga	saeng.i	ri.eot.da
어제	가	생일	이었다 .
喔.姊	卡	先.衣	里.歐特.打

「例句」

那時候，我不是學生。

那時候	我	學生	×	不是
geu.ttae	nan	hak.saeng	i	a.ni.eo.sseo.yo
그때	난	학생	이	아니었어요 .
古.爹	難	哈.先	衣	阿.妮.喔.手.喲

「例句」

以上面的例子來作「합니다體、해요體、半語體」的話，變化如下：

	합니다體	해요體	半語體
선수 [seon.su] （選手）→	선수였습니다 . [seon.su.yeot.seum.ni.da]	선수였어요 . [seon.su.yeo.sseo.yo]	선수였어 . [seon.su.yeo.sseo]
생일 [saeng.ir] （生日）→	생일이었습니다 . [saeng.i.ri.eot.seum.ni.da]	생일이었어요 . [saeng.ir.i.eo.sseo.yo]	생일이었어 . [saeng.i.ri.eo.sseo]

02　動詞‧形容詞的過去式

動詞‧形容詞的過去式要怎麼活用呢？那就看語幹的母音是陽母音，還是陰母音來決定了。只要記住陽母音就接「았 [at]」（裡面有「ㅏ」也是陽母音），陰母音就接「었 [eot]」（裡面有「ㅓ」是陰母音），就簡單啦！

> 語幹是陽母音＋았다 [at.da]
>
> 語幹是陰母音＋었다 [eot.da]

■ 知道了。

　　al.da　　　　　　ar　　　　　　　ar　　at.da　　　a rat.da
　알다（知道）→알（ㅏ是陽母音）→알＋았다 = 알 았다 .

■ 吃了。

　　meok.da　　　　　meog　　　　　　meog　geot.da　meog.eot.da
　먹다（吃）→ 먹（ㅓ是陰母音）→ 먹＋었다 = 먹 었다 .

■ 寫了。

　　sseu.da　　　　sseu　　　　　　　sseu eot.da sseu.eot.da　　　　　sseot.da
　쓰다（寫）→쓰（ㅡ是陰母音）→쓰＋었다 = 쓰었다（省略為 썼 다）

■ 正確了。

　　ol.da　　　　　　ol　　　　　　　ol　at.da　　o.lat.da
　옳다（正確的）→옳（ㅗ是陽母音）→ 옳＋았다 = 옳았다 .

■ （過去）寒冷。

　　chup.da　　　　　chub　　　　　　chub eot.da　chu.wot.da
　춥다（寒冷的）→춥（ㅜ是陰母音）→춥＋었다 = 추웠다 .

買了土產。

「例句」

土產	×	買了
seon.mu	reur	sat.seum.ni.da
선물	을	샀습니다 .
松.木	路	殺特.師母.妮.打

坐計程車去了機場。

「例句」

機場	到	計程車	坐	去了
gong.hang	kka.ji	taek.si	ro	ga.sseo.yo
공항	까지	택시	로	갔어요 .
工.航	嘎.吉	特.細	樓	卡.手.喲

連續劇太棒啦！

「例句」

連續劇	×	太棒啦
deu.ra.ma	ga	hul.lyung.hae.sseo.yo
드라마	가	훌륭했어요 !
都.郎.馬	卡	呼兒.流.黑.手.喲

以上面的例子來作「합니다體、해요體、半語體」的話，變化如下：

	합니다 體	해요 體	半語 體
알았다 [ar.at.da] （知道）→	알았습니다 . [a.rat.seum.ni.da]	알았어요 . [a.ra.sseo.yo]	알았어 . [a.ra.sseo]
먹었다 [meog.eot.da] （吃）→	먹었습니다 . [meo.geot.seum.ni.da]	먹었어요 . [meo.geo.sseo.yo]	먹었어 . [meo.geo.sseo]
썼다 [sseot.da] （寫）→	썼습니다 . [sseot.seum.ni.da]	썼어요 . [sseo.sseo.yo]	썼어 . [sseo.sseo]

1. 昨天

   어제 → (   )

2. 學生

   학생 → (   )

3. 去

   가다 → (   )

4. 來

   오다 → (   )

5. 好的

   좋다 → (   )

1. 看 →해요體→半語體

   봤습니다 → (   ) → (   )

2. 活的 →해요體→半語體

   살았습니다 → (   ) → (   )

ANSWER 答案	(1)		(2)
	1. 어제였다	4. 왔다	1. 봤어요→봤어
	2. 학생이었다	5. 좋았다	2. 살았어요→살았어
	3. 갔다		

STEP 2

疑問代名詞

　看到自己喜歡的偶像，在舞台上努力帶給大家前所未見的視覺與聽覺享受，見面會的時候，一定有很多問題要問的吧！譬如：「初戀是什麼時候？」的疑問代名詞「什麼時候」。這一回我們來介紹一下韓語 5W1H 的疑問代名詞。

學習重點及關鍵文法

● 언제 [eon.je] ＝什麼時候（when）
● 어디 [eo.di] ＝哪裡（where）
● 누구 [nu.gu] ＝誰（who）
● 무엇 [mu.eot] ＝什麼（what）
● 왜 [wae] ＝為什麼（why）
● 어떻게 [eo.tteo.ke] ＝怎麼（how）

基本單字 先記住這些單字喔！

 47 CD

韓　文	唸　法	中　譯
□ 생일	先.憶兒 saeng.il	生日
□ 영화관	用.化.光 yeong.hwa.gwan	電影院
□ 누구	努.姑 nu.gu	誰
□ 저	走 jeo	那位
□ 여성	有.松 yeo.seong	女性
□ 먹다	摸.姑.打 meok.da	吃
□ 오다	喔.打 o.da	來
□ 좋아해	秋.阿.黑 jo.a.hae	喜歡
□ 말하다	馬.哈.打 mal.ha.da	說

Rule 01 언제 [eon.je] ＝什麼時候

相當於英文的「when」。表示不確定時間的疑問代名詞。

初戀是什麼時候呢？

「例句」

初戀	×	什麼時候	是呢
cheot.sa.rang	eun	eon.je	ye.yo
첫사랑	은	언제	예요?
秋.莎.郎	運	恩.姊	也.喲

生日是什麼時候？

「例句」

生日	×	什麼時候	是	呢
saeng.i	reun	eon.je	im.ni	kka
생일	은	언제	입니	까?
先.衣	輪恩	恩.姊	因.妮	嘎

---

02 어디 [eo.di] ＝哪裡

相當於英文的「where」。這是詢問場所的疑問代名詞。禮貌並尊敬的說法是「어디 [eo.di] ＋입니까?[im.ni.kka]」，客氣但不是正式的說法是「어디 [eo.di] ＋예요 [ye.yo]?」

在哪裡呢？

「例句」

哪裡	在呢
eo.di	ye.yo
어디	예요?
喔.低	也.喲

電影院在哪裡呢？

「例句」

電影院	×	哪裡	在	呢
yeong.hwa.gwa	neun	eo.di	im.ni	kka
영화관	은	어디	입니	까?
用.化.瓜	能	喔.低	因.妮	嘎

누구 [nu.gu] ＝誰

相當於英文的「who」。這是詢問人的疑問代名詞。如果用「～是誰呢？」這個句型的話，前面的助詞是「母音結尾＋는 [neun]；子音結尾＋은 [eun]」。

是誰呢？

誰	是呢
nu.gu.	se.yo

「例句」

누구 세요 ?
努.姑. 誰.喲

那位女性是誰呢？

那位	女性	×	誰	是	呢
jeo	yeo.seong	eun	nu.gu	im.ni	kka

「例句」

저 여성 은 누구 입니 까 ?
走 有.松 運 努.姑 因.妮 嘎

04　무엇 [mu.eot]＝什麼

相當於英文的「what」。這是詢問某事物的疑問代名詞。「무엇 [mu.eot]」代替名稱或情況不明瞭的事物。

是什麼呢？

什麼	是	呢
mu.eo	sim.ni	kka

「例句」

무엇 입니 까 ?
木.喔 心.妮 嘎

吃什麼呢？

什麼	×	吃呢
mu.eo	seur	meo.geo.yo

「例句」

무엇 을 먹어요 ?
木.喔 思兒 末.勺.喲

93

Rule 05 왜 [wae] = 為什麼

相當於英文的「why」。用在問句中，來詢問理由的疑問代名詞。

為什麼不來呢？

|為什麼|不|來呢|
|wae|an|wa.yo|

「例句」 왜 안 와요？
為 安 娃.喲

為什麼喜歡呢？

|為什麼|喜歡|呢|
|wae|jo.a.ham.ni|kka|

「例句」 왜 좋아합니 까？
為 秋.阿.哈母.妮 嘎

---

06 어떻게 [eo.tteo.ke] = 怎麼

相當於英文的「how」。用在問句中，詢問用什麼方法、怎麼做疑問代名詞。

韓國要怎麼去呢？

|韓國|×|怎麼|去|呢|
|han.gu|geun|eo.tteo.ke|gam.ni|kka|

「例句」 한국 은 어떻게 갑니 까？
韓.姑 滾 喔.豆.客 卡母.妮 嘎

要怎麼說呢？

|怎麼|說呢|
|eo.tteo.ke|mal.hae.yo|

「例句」 어떻게 말해요？
喔.豆.客 馬.黑.喲

1. 什麼時候去看電影？

（　　　　） 영화를 봅니까 ?

2. 去哪裡呢？

（　　　　） 가세요 ?

3. 看到誰了？

（　　　　） 를 봤습니까 ?

4. 有什麼事（東西）嗎？

（　　　　） 가 있습니까 ?

5. 為什麼喜歡他呢？

（　　　　） 그를 좋아합니까 ?

6. 怎麼去呢？

（　　　　） 갑니까 ?

語群

왜 , 어떻게 , 누구 , 뭐 , 어디 , 언제

ANSWER 答案

1. 언제 영화를 봅니까 ?
2. 어디 가세요 ?
3. 누구를 봤습니까 ?

4. 뭐가 있습니까 ?
5. 왜 그를 좋아합니까 ?
6. 어떻게 갑니까 ?

單純的尊敬語

這一回我們來看尊敬語。韓國深受儒家思想的影響，非常重視敬老尊賢的。但是，韓語的尊敬語跟日語比起來，單純多了。

學習重點及關鍵文法

● 「ㅅ」是作尊敬語的主角
● 語幹 +(으) 십 니 다 [(eu).sim.ni.da]
　 ＝您做～ / 您是～

基本單字 先記住這些單字喔！

54 CD

韓 文	唸 法	中 譯
□ 한국 사람	韓. 姑. 莎. 郎 han.gug.sa.ram	韓國人
□ 사장	莎. 張 sa.jang	社長
□ 오늘	喔. 努兒 o.neul	今天
□ 바쁘다	爬. 不. 打 ba.ppeu.da	忙
□ 따님	大. 你母 tta.nim	女兒
□ 가다	卡. 打 ga.da	去
□ 노래	喔. 雷 no.rae	歌
□ 좋아해	秋. 阿. 黑 jo.a.hae	喜歡
□ 책	妾可 chaek	書
□ 읽다	一刻. 打 ilk.da	讀（書）

Rule 01　名詞的尊敬語

那麼我們從「是韓國人」改成「您是韓國人」。

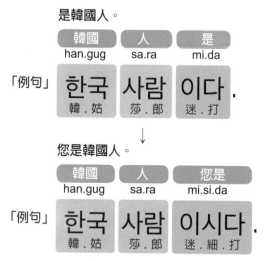

去掉語尾的「다 [da]」就是語幹啦！尊敬語的作法是「語幹＋시 [si] ＋다 [da]」只加入「시 [si]」在語幹結尾的「이 [i]」跟「다 [da]」之間就成為尊敬語了。但這樣還不行，我們要用在會話上。回想一下禮貌並尊敬的說法的「是～」的說法，是那一個呢？「ㅂ니다 [b.ni.da]」，對了！我們來加上去看看。

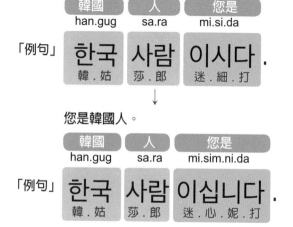

97

客氣但不是正式的說法的「해요體 [hae.yo]」的「요 [yo]」，如果加上去會怎麼樣呢？在活用上一般是「시 [si] ＋어요 [eo.yo] ＝셔요 [syeo.yo]」，但是一般大都用「세요 [se.yo]」。

您是韓國人。

韓國	人	您是
han.gug	sa.ra	mi.se.yo

「例句」
한국　사람　이세요.
韓.姑　莎.郎　迷.誰.喲

那麼我們從「漂亮」改成「您很漂亮」。

漂亮。

漂亮
ye.ppeu.da

「例句」
예쁘다.
也.不.打

↓

您很漂亮。

您很漂亮
ye.ppeu.si.da

「例句」
예쁘시다.
也.不.細.打

98

去掉語尾的「다 [da]」就是語幹啦！尊敬語的作法是「語幹＋시 [si] ＋다 [da]」只加入「(으) 시 [(eu) .si]」在語幹結尾的「쁘 [ppeu]」跟「다 [da]」之間就成為尊敬語了。但這樣還不行，我們要用在會話上。回想一下禮貌並尊敬的說法的「是～」的說法，是那一個呢？「ㅂ니다 [b.ni.da]」，對了！我們來加上去看看。

您很漂亮。

您很漂亮
ye.ppeu.si.da

「例句」

예쁘시다 .
也 . 不 . 細 . 打

↓

您很漂亮。

您很漂亮
ye.ppeu.sim.ni.da

「例句」

예쁘십니다 .
也 . 不 . 心 . 妮 . 打

可以說「語幹 + 십니다 [sim.ni.da]」是形容詞的尊敬語的基本表現。

基本
句型

語幹是母音結尾 + 십니다 [sim.ni.da]

語幹是子音結尾 + 으십니다 [eu.sim.ni.da]

社長您今天很忙。

社長	×	今天	您很忙
sa.jang.ni	meun	o.neur	ba.ppeu.sim.ni.da

「例句」

사장님 은 오늘 바쁘십니다 .
莎 . 張 . 妮　運　喔 . 奴　爬 . 不 . 心 . 妮 . 打

客氣但不是正式的說法的「해요體 [hae.yo]」的「아 [a]／어요 [eo.yo]」，如果加上去會怎麼樣呢？

您很漂亮。

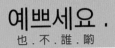

ye.ppeu.se.yo

「例句」 예쁘세요．
也 . 不 . 誰 . 喲

在活用上一般是「시 [si]＋어요 [eo.yo]＝셔요 [syeo.yo]」，但一般大都用「（으）세요 [（eu）.se.yo]」。

語幹是母音結尾 + 세요 [syeo.yo]

語幹是子音結尾 + 으세요 [（eu）.se.yo]

您女兒真漂亮。

您女兒	×	真漂亮
tta.ni	mi	ye.ppeu.se.yo

「例句」 따님 이 예쁘세요．
大 . 妮　迷　也 . 不 . 誰 . 喲

那麼我們從「去」改成「您去」。

去。

> 去
> ga.da

「例句」가다.
卡.打

↓

您去嗎?

> 您去嗎
> ga.si.da

「例句」가시다?
卡.細.打

去掉語尾的「다 [da]」就是語幹啦!尊敬語的作法是「語幹＋시 [si] ＋다 [da]」只加入「(으) 시 [(eu) .si]」在語幹結尾的「가 [ga]」跟「다 [da]」之間就成為尊敬語了。但這樣還不行,我們要用在會話上。回想一下禮貌並尊敬的說法的說法,是那一個呢?「ㅂ니다 [b.ni.da]」,對了!我們來加上去看看。

您去嗎?

> 您去嗎
> ga.si.da

「例句」가시다?
卡.細.打

↓

您去嗎?

> 您去嗎
> ga.sim.ni.da

「例句」가십니다?
卡.心.妮.打

可以說「語幹 + 십니다 [sim.ni.da]」是動詞的尊敬語的基本表現。

 基本句型

語幹是母音結尾 + 십니다 [sim.ni.da]

語幹是子音結尾 + 으십니다 [eu.sim.ni.da]

您去韓國嗎？

韓國	×	您去	嗎
han. gu	ge	ga.sim.ni	kka

「例句」

한국	에	가십니	까 ?
韓．姑	給	卡．心．妮	嘎

您喜歡韓國歌嗎？

韓國	歌	您喜歡	嗎
han.gung	no.rae	jo.a.ha.sim.ni	kka

「例句」

한국	노래	좋아하십니	까 ?
韓．姑恩	喔．雷	秋．阿．哈．心．妮	嘎

您看韓國書嗎？

韓國	書	×	您看	嗎
han.gu.geo	chae	geur	il.geu.sim.ni	kka

「例句」

한국어	책	을	읽으십니	까 ?
韓．姑．勾	切	古兒	憶兒．古．心．妮	嘎

客氣但不是正式的說法的「해요體 [hae.yo]」的「아 [a]/ 어요 [eo.yo]」，如果加上去會怎麼樣呢？

您去嗎？

您去嗎？

「例句」 가세요 ?
卡．誰．喲

在活用上一般是「시 [si] ＋어요 [eo.yo] ＝셔요 [syeo.yo]」，但一般大都用「（으）세
요 [（eu）.se.yo]」。

基本
句型

語幹是母音結尾 ＋ 세요 [se.yo]

語幹是子音結尾 ＋ 으세요 [eu.se.yo]

您去韓國嗎？

韓國	×	您去嗎
han.gu	ge	ga.se.yo

「例句」

한국 에 가세요?
韓．姑　也　卡．誰．喲

您喜歡韓國歌嗎？

韓國	歌	您喜歡嗎
han.gung	no.rae	jo.a.ha.se.yo

「例句」

한국 노래 좋아하세요?
韓．姑　喔．雷　秋．阿．哈．誰．喲

您看韓國書嗎？

韓國	書	×	您看嗎
han.gu.geo	chae	geur	il.geu.se.yo

「例句」

한국어 책 을 읽으세요?
韓．姑．喔　切客　股兒　額．憶兒．古．誰．喲

韓語中有一部分的單字有自己固定的尊敬語，如「吃、說、睡」。這些單字就要個別記住囉！

例句

■ 您吃。

meok.d a　　deu. si.d a
먹 다 . →드시다 .

　您說。

mal.ha.da　　mal.sseum.ha. si.d a
말하다 . →말 씀 하시다 .

　您休息。

ja.d a　　ju.mu. si.d a
자다 . →주무시다 .

■ 您在。

it.d a　　ge. si.d a
있다 . →계시다 .

另外，還要注意一點，如果語幹的結尾是「ㄹ」的時候，無論是「십니다體 [sim.ni.da]」或是「세요體 [se.yo]」，最後都會有省略「ㄹ」的現象。

例句

　活，居住

sal.d a　　sa.sim.ni.d a
살다 . →사십니다 .

　打（電話）。

geol.d a　　geo.se.y o
걸 다 . →거세요 .

1. 您是老師。（^是입니다）

　　선생님 （　　　　　　　）.

2. 哪一位是令堂？（^是입니다）

　　누가 어머님 （　　　　　　　）?

3. 那一位個子很高嗎？（^{高的}크다）

　　그분은 키가 （　　　　　　　）?

4. 請您走好。（^走가다）

　　안녕히 （　　　　　　　）.

5. 貴府遠嗎？（^{遠的}멀다）

　　댁이 （　　　　　　　）?

6. 找什麼地方呢？（^{尋找}찾다）

　　어딜 （　　　　　　　）?

ANSWER 答案

1. 선생님 이십니다.
2. 누가 어머님이십니까?
3. 그분은 키가 크십니까?

4. 안녕히 가십시요.
5. 댁이 머세요?
6. 어딜 찾으세요?

數字

這一回我們來看韓語的數字。韓語的數字有分「漢數字」跟「固有數字」。

學習重點及關鍵文法

● 漢數字：發音跟華語接近。
● 固有數字：使用原來韓語裡表示數字、數目的固有詞。

基本單字　先記住這些單字喔！

59

韓 文	唸 法	中 譯
□~ 장	張 jang	~張（紙張）
□~ 사람	莎.郎 sa.ram	~（個）人
□~ 대	貼 dae	~台（汽車等）
□~ 명	妙 myeong	~位（人）
□~ 병	蘋 byeong	~瓶（酒瓶等）
□~ 마리	馬.里 ma.ri	~隻（狗等）
□~ 잔	餐 jan	~杯（酒杯等）
□~ 권	鍋 gwon	~本（書等）
□~ 켤레	苛兒.淚 kyeol.le	~雙（鞋等）
□~ 원	旺 won	~韓元（韓幣等）

漢數字

這是跟中國借用的字,所以發音跟華語接近。講幾月幾日、金額、號碼～等,一定要用漢數字。那麼,就先從 0 到 10 開始記吧!

□ 0 到 10 的念法

0 영 / 공 [yeong/kong]	1 일 [il]	2 이 [i]	3 삼 [sam]	4 사 [sa]	5 오 [o]
6 육 [(r)yuk]	7 칠 [chil]	8 팔 [pal]	9 구 [gu]	10 십 [sip]	

十月二十五日

十 si	月 wo	二十五 ri.si.bo	日 il

「例句」

시
細　월
我　이십오
里.細.普　일
憶兒

□「零」的念法

「零」有兩個念法,講電話號碼的時候,要用「공 [gong]」。

03-5157-2424

0 gong	3 sam	5 o	1 ir	5 o	7 chi	2 ri	4 sa	2 i	4 sa

「例句」

공
工　삼
山母　오
喔　일
憶兒　오
喔　칠
氣　이
里　사
莎　이
衣　사
莎

□ 10 到億的念法

這個漢數字從零到一、十、百、千、萬、億的念法幾乎跟華語一樣的喔！另外，要注意 6「육 [(r)yuk]」（6）的發音會有一些變化，6 在母音或尾音是「ㄹ」的後面念「륙 [ryug]」，子音的後面念「뉵 [nyug]」。還有「육만 [yuk.man]」（6 萬）是念「융만 [yung.man]」。

10 십 [sib]	11 십일 [si.bir]	12 십이 [si.bi]	13 십삼 [sip.sam]	14 십사 [sip.sa]	15 십오 [si.bo]
16 십육 [sibn.yug]	17 십칠 [sip.chir]	18 십팔 [sip.par]	19 십구 [sip.gu]	20 이십 [i.sib]	30 삼십 [sam.sib]
40 사십 [sa.sib]	50 오십 [o.sib]	60 육십 [yuk.sip]	70 칠십 [chil.sib]	80 팔십 [pal.sib]	90 구십 [gu.sib]
100 백 [baek]	千 천 [cheon]	萬 만 [man]	十萬 십만 [sim.man]	百萬 백만 [baeng.man]	千萬 천만 [cheon.man] /[cheon.man]
億 억 [eok]					

□ 接在漢數字的量詞有

除了年月日用漢數字以外，金額、號碼等，也都是用漢數字。接在漢數字的量詞有：

年 년 [nyeon]	月 월 [wol]	日 일 [il]	圜 원 [won]
人份 인분 [in.bun]	號 번 [peon]	樓 층 [cheung]	

□ 月份的說法

1 月 일월 [ir.wol]	2 月 이월 [i.wol]	3 月 삼월 [sam.wol]	4 月 사월 [sa.wol]	5 月 오월 [o.wol]	6 月 유월 [yu.wol]
7 月 칠월 [chir.wol]	8 月 팔월 [par.wol]	9 月 구월 [gu.wol]	10 月 시월 [si.wol]	11 月 십일월 [sibir.wol]	12 月 십이월 [sibi.wol]

* 月份的說法中，只有 6 月跟 10 月發音有變化。

Rule 02 固有數字

61

固有數字：要說時間或計算幾個人、幾個、幾回、年齡等，要用韓語的固有數字。
固有數字有 1 到 99 個，首先，先記住 1 到 10 吧！

☐ 1 到 10 的念法

1 하나 [ha.na]	2 둘 [dul]	3 셋 [set]	4 넷 [net]	5 다섯 [da.seot]
6 여섯 [yeo.seot]	7 일곱 [il.gop]	8 여덟 [yeo.deolp]	9 아홉 [a.hop]	10 열 [yeol]

☐ 11 到 90 的念法

11 열하나 [yeol.ha.na]	12 열둘 [yeol.dur]	13 열셋 [yeol.set]	14 열넷 [yeol.net]	15 열다섯 [yeol.da.seot]	16 열여섯 [yeo.ryeo.seot]
17 열일곱 [yeo.ril.gob]	18 열여덟 [yeo.ryeo.deolb]	19 열아홉 [yeo.ra.hob]	20 스물 [seu.mul]	30 서른 [seo.reun]	40 마흔 [ma.heun]
50 쉰 [swin]	60 예순 [ye.sun]	70 일흔 [il.heun]	80 여든 [yeo.deun]	90 아흔 [a.heun]	

□ 時間的念法

　　講時間的時候，「幾點」用固有數字；「幾分」就要用漢數字。而固有數字的 1，原本是「하나 [ha.na]」，用在計算時間的 1 點時變成「한시 [han.si]」。

1 點 한 시 [han.si]	2 點 두 시 [du.si]	3 點 세 시 [se.si]	4 點 네 시 [ne.si]	5 點 다섯 시 [da.seot.si]	6 點 여섯 시 [yeo.seot.si]
7 點 일곱 시 [il.gop.si]	8 點 여덟 시 [yeo.deol.si]	9 點 아홉 시 [a.hop.si]	10 點 열 시 [yeol.si]	11 點 열한 시 [yeol.han.si]	12 點 열두 시 [yeol.du.si]

其他如：

□ 1 點半
han.si. ban
한시 반

□ 1 點 10 分
han.si.sip.ban
한시십반

□ 2 點 20 分
du.si. i .sip.ban
두시 이십반

□ 3 點 30 分
se.si. sam.sip.ban
세시 삼십반

□ 4 點 40 分
ne.si. sa.sip.ban
네시 사십반

□ 5 點 50 分
da.seot.si. o .sip.ban
다섯 시 오십반

□固有數字＋量詞

固有數字的「1、2、3、4、20」後面如果接量詞「幾個、幾點、幾回、年齡…」時，會有些變化。

例如

- ^{si}시（點）→^{ne. si}네 시（4 點）
- ^{sar}살（歲）→^{seu.mu.sar}스무살（20 歲）
- ^{gae}개（個）→^{han gae}한 개（1 個）
- ^{beon}번（回）→^{du beon}두 번（2 回）
- ^{ma.ri}마리（匹）→^{se ma.ri}세 마리（3 匹）

看了一百次。

「例句」

一百	次	看了
baek	beon	bwa.sseo.yo
100	**번**	**봤어요.**
陪	崩	拔.手.喲

1. 石鍋拌飯 7200 韓元。

비빔밥은 (　　　　　　　　) 원입니다 .

2. 我的生日是 8 月 9 日。

제 생일은 (　　　　　　　　) 입니다 .

3. 手機號碼是 0105679。

휴대폰번호는 (　　　　　　　) 입니다 .

4. 喝了兩杯咖啡。

커피를 (　　　　　　　　) 마셨습니다 .

5. 我有十個韓國朋友。

한국 친구가 (　　　　　　　) 있습니다 .

6. 現在 3 點 15 分。

지금 (　　　　　　　) 이에요 .

STEP 5　動詞及形容詞的連體形

　　這一回我們來看韓語的動詞及形容詞的連體形。中文說「吃飯的人」、「很棒的歌聲」時，其中，「吃飯＋人」、「很棒＋歌聲」，也就是動詞及形容詞想跟名詞連在一起成為一體，動詞及形容詞就要變成連體形了。

基本單字　先記住這些單字喔！

韓　文	唸　法	中　譯
□ **영화**	用．化 yeong.hwa	電影
□ **사람**	莎．郎 sa.ram	人
□ **상품**	商．撲母 sang.pum	產品
□ **호텔**	呼．貼 ho.tel	飯店
□ **아버지**	阿．波．吉 a.beo.ji	爸爸
□ **아기**	阿．給 a.gi	嬰兒
□ **바다**	爬．打 ba.da	大海
□ **사진**	莎．親 sa.jin	照片
□ **아가씨**	阿．卡．西 a.ga.ssi	小姐
□ **일본**	憶兒．本 il.bon	日本
□ **산**	三 san	山
□ **아무도**	阿．木．土 a.mu.do	誰也…沒有
□ **교실**	叫．吸 gyo.sil	教室

動詞的現在連體形的作法是，只要「語幹 + 는 [neun]」就成爲現在連體形了。

基本句型　語幹 + 는 [neun]+ 名詞

看電影的人

電影	×	看的	人
yeong.hwa	reur	bo.neun	sa.ram

「例句」 **영화 를 보는 사람**（ 보다 : 看 ）
用.化　路　普.能　莎.郎

跟李民洪先生碰面的人

李民洪	先生	跟	碰面的	人
i.min.hong	ssi	reur	man.na.neun	sa.ram

「例句」 **이민홍 씨 를 만나는 사람**（ 만나다 : 碰面 ）
衣.敏.洪　西　路　滿.那.能　莎.郎

□語幹的結尾是「ㄹ [r]」時，有消失的習性

動詞的現在連體形不會因爲前接詞的結尾是子音或母音而產生變化，但是動詞語幹有「ㄹ [r]」時，有消失的習性。動詞語幹有「ㄹ [r]」，要變成現在連體形，先去掉「ㄹ [r]」再接「는 [neun]」，就行啦！

基本句型　語幹 – ㄹ [r] + 는 [neun]+ 名詞

住在飯店的人

飯店	在	住的	人
ho.te	re	sa.neun	sa.ram

「例句」 **호텔 에 사는 사람**（ 살다 : 居住 ）
呼.貼　淚　莎.能　莎.郎

賺錢的爸爸

錢	×	賺的	爸爸
do	neur	beo.neun	a.beo.ji

「例句」 돈 을 버는 아버지 (벌다 : 賺錢)
土　奴　波.呢　阿.波.吉

Rule 02　動詞過去連體形

動詞的過去連體形的作法是，只要「語幹 + ㄴ [n]/ 은 [eun]」就成爲過去連體形了。動詞過去連體形會因爲語幹的結尾是子音或母音而產生變化。

> 基本句型
>
> 語幹是母音結尾：語幹 + ㄴ [n]+ 名詞
>
> 語幹是子音結尾：語幹 + 은 [eun]+ 名詞

看電影的人

電影	×	看的	人
yeong.hwa	reur	bon	sa.ram

「例句」 영화 를 본 사람 (보다 : 看)
用.化　路　本　莎.郎

睡覺的嬰兒

覺	×	睡的	嬰兒
ja	meur	jan	a.gi

「例句」 잠 을 잔 아기 (자다 : 睡覺)
叉　母　叉　阿.給

坐在椅子上的客人

椅子	在	坐的	客人
ui.ja	e	an.jeun	son.nim

「例句」 의자 에 앉은 손님 (앉다 : 坐)
烏衣.叉　也　安.住　鬆.你母

走在路上的人

路	×	走的	人
gi	reur	geon.neun	sa.ram

「例句」

길 을 걷는 사람 (걷다 : 走路)
給 路 滾.能 莎.郎

這是在海上拍攝的照片。

這是	×	海上	從	拍攝的	照片
i.geo	seun	ba.da	e.seo	jji.geun	sa.ji.nim.ni.da

「例句」

이것 은 바다 에서 찍은 사진입니다. (찍다:拍攝)
衣.勾 順 爬.打 也.瘦 飢.滾 莎.吉.你母.妮.打

□動詞過去式的語幹結尾是「ㄹ [r]」時，有消失的習性

動詞過去式的語幹有「ㄹ [r]」，要變成過去式的連體形，先去掉「ㄹ [r]」再接「ㄴ [n]」，就行啦！

基本句型　語幹 – ㄹ [r] ＋ ㄴ [n]＋ 名詞

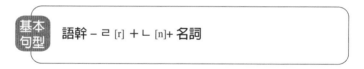

認識我的友人

我	×	認識的	友人
na	reur	an	chin.gu

「例句」

나 를 안 친구 (알다 : 認識)
那 魯 昂 親.姑

賺錢的父親

錢	×	賺的	父親
do	neur	beon	a.beo.ji

「例句」

돈 을 번 아버지 (벌다 : 賺錢)
土 奴 波 阿.波.吉

形容詞的現在連體形，變化方式跟動詞過去連體形一樣，會因為語幹的結尾是子音或母音而產生變化。語幹結尾是「ㄹ [r]」的形容詞，也有特殊的活用變化。

> **基本句型**
> 語幹是母音結尾：語幹＋ㄴ [n]+ 名詞
> 語幹是子音結尾：語幹＋은 [eun]+ 名詞

美麗的小姐

美麗的	小姐
ye.ppeun	a.ga.ssi

「例句」 예쁜 아가씨 (예쁘다 : 美麗的)
也.奔　阿.卡.西

我家很大。

我的	家	×	大的	是
u.ri	ji	beun	keun	ji.bi.e.yo

「例句」 우리 집 은 큰 집이에요 . (크다 : 大的)
無.里　吉　奔　困　吉.比.也.喲

好棒的歌聲啊！

好棒的	歌聲啊
meot.jin	mok.so.ri.yeo.sseo.yo

「例句」 멋진 목소리였어요 . (멋지다 : 好棒的)
莫.親　某.嫂.里.有.手.喲

寬敞的房間

寬敞的	房間
neol.beun	bang

「例句」 넓은 방 (넓다 : 寬敞的)
男兒.奔　胖

那人是個好人。

「例句」 그 사람 은 좋은 사람 이에요 . (좋다 : 好的)
古　莎.郎　運　秋.運　莎.郎　迷.也.喇

日本也有很多高山。

「例句」 일본 에도 높은 산 이 많습니다 . (높다 : 高的)
憶兒.普　內.土　喔.噴　莎　妮　滿.師母.妮.打

□語幹結尾是「ㄹ [r]」的形容詞

形容詞的語幹有「ㄹ [r]」，要變成現在連體形，先去掉「ㄹ [r]」再接「ㄴ [n]」，就行啦！

> 基本句型
>
> 語幹 – ㄹ [r] + ㄴ [n]+ 名詞

我的家在很遠的地方。

「例句」 우리 집 은 먼 곳 에 있어요 . (멀다 : 遠的)
無.里　吉　奔　門　姑　誰　衣.手.喇

Rule 04 存在詞的現在連體形

 66 CD

存在詞就是指「在、不在」、「有、沒有」的「있다 [it.da]」跟「없다 [eop.da]」了。
存在詞的現在連體形作法如下：

> 語幹 + 는 + 名詞

在那裡的那個人是誰呢？

那裡	×	在	人	×	誰	是呢
jeo.jjo	ge	in.neun	sa.ra	meun	nu.gu	ye.yo

「例句」

저쪽	에	있는	사람	은	누구	예요?
走.秋	給	音.能	莎.郎	運	努.姑	也.喲

(있다：在)

沒有人的教室

誰	也	不在的	教室
a.mu	do	eom.neun	gyo.sir

「例句」

아무	도	없는	교실
阿.木	土	歐姆.能	叫.吸

(없다：沒有)

整理一下

動詞、形容詞、存在詞的現在連體形的活用如下表：

	語幹是母音結尾	語幹是子音結尾
動　詞	動詞的語幹 + 는 가다→가는 [ga.da.→.ga.neun]	動詞的語幹 + 는 먹다→먹는 [meok.da.→.meong.neun]
動詞語幹是ㄹ結尾		動詞的語幹 / - ㄹ + 는 놀다→노는 [nol.da.→.no.neun]
形容詞	形容詞的語幹 + ㄴ 예쁘다→예쁜 [ye.ppeu.da.→.ye.ppeun]	形容詞的語幹 + 은 높다→높은 [nop.da.→.no.peun]
形容詞語幹是ㄹ結尾		形容詞的語幹 / - ㄹ + ㄴ 멀다→먼 [meol.da.→.meon]
存在詞	存在詞的語幹 + 는 계시다→계시는 [ge.si.da.→.ge.si.neun]	存在詞的語幹 + 는 있다→있는 [it.da.→.in.neun]

句子被打散了，請在（　）內排出正確的順序。（1～4）
請用합니다體；（5、6）請用해요體。

1. **在冬季戀歌裡演出的演員。**
　　　　冬季戀歌　×　　演出的　　演員
〔겨울연가 , 에 , 출연한 , 배우〕
→ (　　　　　　　　　　　　　　　) .

2. **帶著眼鏡的人。**
　　　使用　×　　人　　眼鏡
〔쓰는 , 을 , 사람 , 안경〕
→ (　　　　　　　　　　　　　　　) .

3. **眼睛漂亮的男性。**
　　　男性　×　眼睛　漂亮
〔남자 , 이 , 눈 , 예쁜〕
→ (　　　　　　　　　　　　　　　) .

4. **沒有一個人住的家。**
　　　沒有　也　誰　家
〔없는 , 도 , 아무 , 집〕
→ (　　　　　　　　　　　　　　　) .

5. **那個人是好人。**
　　×　好的　人　那個　人
〔은 , 좋은 , 사람 , 그 , 사람 〕
→ (　　　　　　　　　　　　　　　) .

6. **走在很長的馬路上。**
　　道路　走路　×　長的
〔길 , 걷는다 , 을 , 긴 〕
→ (　　　　　　　　　　　　　　　) .

希望、願望

　　表示「我想去金秀賢先生的故鄉旅行」的「我想」要怎麼說呢？在韓國清楚表達自己的想法，被認為是一種美德。到了韓國如果表現的太曖昧，可是會被認為你是一個奇怪的人哦。

學習重點及關鍵文法

●沒有活用跟變化。
●動詞語幹＋고 싶다 [go.sip.da] ＝ 我想～

基本單字 先記住這些單字喔！

韓　文	唸　法	中　譯
□ 김치	金母 . 氣 gim.chi	泡菜
□ 먹다	摸 . 姑 . 打 meok.da	吃
□ 마시다	馬 . 細 . 打 ma.si.da	喝
□ 물	母 mul	水
□ 동대문	同 . 貼 . 悶 dong.dae.mun	東大門
□ 시장	細 . 張 si.jang	市場
□ 가다	卡 . 打 ga.da	去

「~ 고 싶다 [go.sip.da]」：表示希望及願望

這一回我們來介紹一下「我想~」表示希望及願望的說法。使用時，將「~ 고 싶다 [go. sip.da]」接在動詞的後面，表示希望實現該動詞。禮貌並尊敬的說法用「고 싶습니다 [go. sip.seum.ni.da]」，客氣但不是正式的說法用「~ 고 싶어요 [go.si.peo.yo]」。接續方法，不管是母音結尾還是子音結尾都一樣。

 動詞語幹 + 고 싶다 [go.sip.da]

我想吃泡菜。

我	×	泡菜	×	吃		想
na	neun	gim.chi	reur	meok	go	sip.seum.ni.da

「例句」 나 는 김치 를 먹고 싶습니다. (먹다:吃)
那 能 金母.氣 路 摸 姑 細.師母.妮.打

我想喝水。

我	×	水	×	喝		想
na	neun	mu	reur	ma.si	go	si.peo.yo.

「例句」 나 는 물 을 마시고 싶어요. (마시다:喝)
那 能 木 路 馬.細 姑 細.波.喲

我想去東大門市場。

東大門市場	×	去		想
dong.dae.mun.si.jang	e	ga	go	sip.da

「例句」 동대문시장 에 가고 싶다. (가다 : 去)
同.貼.悶.細.張 也 卡 姑 細.打

（我）想去金秀賢先生的故鄉（旅行）。

金秀賢	先生	故鄉	×	去		想
gim.su.hyeon	ssi	go.hyang	e	ga	go	si.peo.yo

「例句」 김수현 씨 고향 에 가고 싶어요.
金母.樹.玄 西 姑.香 也 卡 姑 細.波.喲

* 希望形的否定說法，只要在動詞語幹前面加上「안 [an]」就行啦！：也就是
「안 [an]+ 動詞語幹 + 고 싶다 [go.sip.da]」。

句子被打散了，請在（　）內排出正確的順序。

1. **想去韓國。**
   가 , 에 , 싶습니다 , 한국 , 고
   去　×　　想　　　　韓國　　×
   → (　　　　　　　　　　　　　　　　).

2. **想買包包。**
   싶습니다 , 가방 , 사 , 을 , 고
   想　　　　包包　買　×　×
   → (　　　　　　　　　　　　　　　　).

3. **想跟那個人見面嗎？**
   사람 , 만나 , 을 , 고 , 그 , 싶어요
   人　　見面　×　　×　那個　想
   → (　　　　　　　　　　　　　　　　)？

4. **想跟朋友去看電影。**
   고 , 하고 , 친구 , 를 , 보 , 싶어요 , 영화
   ×　　跟　　朋友　×　看　想　　　電影
   → (　　　　　　　　　　　　　　　　).

5. **想跟哥哥見面。**
   고 , 오빠 , 싶어요 , 만나 , 를
   ×　哥哥　想　　　見面　×
   → (　　　　　　　　　　　　　　　　).

6. **我想買褲子。**
   를 , 싶어요 , 사고 , 바지
   ×　　想　　　買　　褲子
   → (　　　　　　　　　　　　　　　　).

STEP 7 請託

　　請韓星務必來台獻唱，說：「請來台灣。」的「請～」；台灣有好吃的珍珠奶茶、鳳梨酥、小籠包，請一定要嚐嚐，說：「請給我三杯。」的「請給我～」，要怎麼說呢？

學習重點及關鍵文法

- 주세요 [ju.se.yo] ＝請
- 物品→를 [reur]/ 을 주세요 [eur.ju.se.yo]
- 動作→아 [a]/ 어 주세요 [eo.ju.se.yo]

基本單字　先記住這些單字喔！

韓　文	唸　法	中　譯
□ 사과	莎 . 瓜 sa.gwa	蘋果
□ 펜	偏 pen	筆
□ 영수증	用 . 樹 . 真 yeong.su.jeung	收據
□ 팔다	八 . 打 pal.da	賣
□ 싸다	撒 . 打 ssa.da	便宜
□ 열다	又 . 打 yeol.da	打開
□ 잊는다	音 . 能 . 打 in.neun.da	忘記
□ 대만	貼 . 滿 dae.man	台灣

到韓國購物或用餐經常可以用到的，婉轉、客氣的請託句型是「物品＋를 [reur]/ 을 주세요 [eur.ju.se.yo]」。是在「주다 [ju.da]」的語尾，加上客氣的命令形「세요 [se.yo]」而形成的。

> 母音結尾 + 를 주세요 [reur.ju.se.yo]
>
> 子音結尾 + 을 주세요 [eur.ju.se.yo]

請給我蘋果。

蘋果	×	請給我
sa.gwa	reur	ju.se.yo

「例句」

사과 를 주세요 .
莎．瓜　路　阻．誰．喲

請給我筆。

筆	×	請給我
pe	neur	ju.se.yo

「例句」

펜 을 주세요 .
配　奴　阻．誰．喲

在口語上，常會省略助詞「를 [reur]/ 을 [eur]」，但不影響句子的意思。

請給我三個。

三	個	請給我
se	gae	ju.se.yo

「例句」

세 개 주세요 .
誰　給　阻．誰．喲

請給我收據。

收據	請給我
yeong.su.jeung	ju.se.yo

「例句」

영수증 주세요 .
用．樹．真　阻．誰．喲

請託對方做某行爲時用「動詞語幹＋아 [a]/ 어 주세요 [eo.ju.se.yo]」，這婉轉、客氣的句型。

 陽母音語幹 + 아 주세요 [a.ju.se.yo]

陰母音語幹 + 어 주세요 [eo.ju.se.yo]

請賣給我。

賣		請（給我）
pa	ra	u.se.yo

「例句」 팔 아 주세요 . (팔다+아 주세요)
　　　 怕 郎 阻.誰.喲 　 pal.da　a ju.se.yo

請算便宜。

便宜		請（算）
kka	kka	ju.se.yo

「例句」 깎 아 주세요 . (깎다+아 주세요)
　　　 嘎 嘎 阻.誰.喲 　 kkak.da　a ju.se.yo

請來。

來	請
wa	ju.se.yo

「例句」 와 주세요 . (오다+아 주세요)〈오+아 , 省略成와〉
　　　 娃 阻.誰.喲 　 o.da　a ju.se.yo

請打開。

打開		請
yeo	reo	ju.se.yo

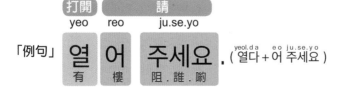

「例句」 열 어 주세요 . (열다+어 주세요)
　　　 有 樓 阻.誰.喲 　 yeol.da　eo ju.se.yo

請忘了吧。

|忘了| |請|
|i|jeo|ju.se.yo|

「例句」 ^{it.da eo ju.se.yo}

잇 어 주세요 . (잇다 + 어 주세요)
衣 走 阻.誰.喲

請來台灣。

|台灣|×|來|請|
|dae.ma|ne|wa|ju.se.yo|

「例句」 ^{o.da a ju.se.yo}

대만 에 와 주세요 . (오다 + 아 주세요)〈오 + 아 , 省略成와〉
貼.馬 內 娃 阻.誰.喲

補充一下

頭 머리 [meo.ri]	臉 얼굴 [eol.gul]	眼睛 눈 [nun]	鼻子 코 [ko]	耳朵 귀 [gwi]
嘴巴 입 [ip]	脖子 목 [mok]	胳膊 팔 [pal]	腿，腳 다리 [da.ri]	肩膀 어깨 [eo.kkae]
胸部 가슴 [ga.seum]	手 손 [son]	拇指 손가락 [son.kka.rak]	腳趾頭 발가락 [bal.kka.rak]	心臟 심장 [sim.jang]
肝臟 간 [gan]	腎臟 신장 [sin.jang]	胃 위 [wi]	肺 폐 [pe]	

PRACTICE 練習 句子被打散了，請在（　）內排出正確的順序。

1. **請您買這個。**

   사^買，이것^{這個}，주세요^請，을[×]

   → (　　　　　　　　　　　　　　　).

2. **請關上門。**

   을[×]，문^門，주세요^請，닫아^{關閉}

   → (　　　　　　　　　　　　　　　).

3. **請唸這本書。**

   읽어^唸，이^這，을[×]，주세요^請，책^書

   → (　　　　　　　　　　　　　　　).

4. **請幫我拿包包。**

   주세요^請，가방^{包包}，들어^拿，을[×]

   → (　　　　　　　　　　　　　　　).

5. **請脫下衣服。**

   주세요^請，벗어^脫，옷을^{衣服}

   → (　　　　　　　　　　　　　　　).

ANSWER 答案

1. 이것을 사 주세요 .
2. 문을 닫아 주세요 .
3. 이 책을 읽어 주세요 .

4. 가방을 들어 주세요 .
5. 옷을 벗어 주세요 .

1. **請您買這個。**

   사[買]，이것[這個]，주세요[請]，을[×]

   → (　　　　　　　　　　　　　　　).

2. **請關上門。**

   을[×]，문[門]，주세요[請]，닫아[關閉]

   → (　　　　　　　　　　　　　　　).

3. **請唸這本書。**

   읽어[唸]，이[這]，을[×]，주세요[請]，책[書]

   → (　　　　　　　　　　　　　　　).

4. **請幫我拿包包。**

   주세요[請]，가방[包包]，들어[拿]，을[×]

   → (　　　　　　　　　　　　　　　).

5. **請脫下衣服。**

   주세요[請]，벗어[脫]，옷을[衣服]

   → (　　　　　　　　　　　　　　　).

ANSWER 答案

1. 이것을 사 주세요 .
2. 문을 닫아 주세요 .
3. 이 책을 읽어 주세요 .

4. 가방을 들어 주세요 .
5. 옷을 벗어 주세요 .

附　錄

生活必備
單字

星期 ①

星期日	星期一	星期二	星期三	星期四
伊.六.<u>憶兒</u>	我.六.<u>憶兒</u>	化.油.<u>憶兒</u>	樹.油.<u>憶兒</u>	某.叫.<u>憶兒</u>
일요일	월요일	화요일	수요일	목요일
i.ryo.il	*wo.ryo.il*	*hwa.yo.il*	*su.yo.il*	*mo.gyo.il*

星期五	星期六			
苦.妙.<u>憶兒</u>	偷.油.<u>憶兒</u>			
금요일	토요일			
keu.myo.il	*to.yo.il*			

顏色 ②

黑色	白色	灰色	紅色	粉紅色
共.悶.誰	恨.誰	會.誰	八兒.桿.誰	噴.紅.誰
검은색	흰색	회색	빨간색	분홍색
keo.meun. saek	*hoen.saek*	*hoe.saek*	*ppal.gan. saek*	*pu.nong.seak*

藍色	黃色	綠色	橙色	紫色
怕.藍.誰	努.藍.誰	求.鹿.誰	喔.連.奇.誰	普.拉.誰
파란색	노란색	초록색	오렌지색	보라색
pa.ran.saek	*no.ran.saek*	*cho.rok.saek*	*o.ren.ji.saek*	*po.ra.saek*

咖啡色
渴.誰
갈색
kal.saek

東	西	南	北	前面
同.秋	瘦.秋	男.秋	布.秋	阿布
동쪽	서쪽	남쪽	북쪽	앞
tong.jjok	*seo.jjok*	*nam.jjok*	*buk.jjok*	*ap*

後面	裡面	外面	北上	南下
推	安	扒客	上.狠	哈.狠
뒤	안	밖	상행	하행
twi	*an*	*pak*	*sang.haeng*	*ha.haeng*

人物及親友 04

我	我們	父親	母親	哥哥 （妹妹使用）
走/娜	屋.里	阿.波.奇	喔.末.妮	喔.爸
저/나	우리	아버지	어머니	오빠
jeo/na	*u.ri*	*a.beo.ji*	*eo.meo.ni*	*o.ppa.*
哥哥 （弟弟使用）	姊姊 （妹妹使用）	姊姊 （弟弟使用）	爺爺	奶奶
雄	喔嗯.妮	努.娜	哈.拉.波.奇	哈.末.妮
형	언니	누나	할아버지	할머니
hyeong	*eon.ni*	*nu.na*	*ha.la.beo.ji*	*hal.meo.ni*

叔叔，大叔	阿姨，大嬸	情人	男人	女人
阿.走.西	阿.初.馬	有.您	男.叉	有.叉
아저씨	아줌마	연인	남자	여자
a.jeo.ssi	*a.jum.ma*	*yeo.nin*	*nam.ja*	*yeo.ja*
大人	小孩	朋友	夫妻	兄弟
喔.輪恩	阿.姨	親.姑	樸.布	雄.姊
어른	아이	친구	부부	형제
eo.leun	*a.i*	*chin.gu*	*pu.bu*	*hyeong.je*
丈夫	妻子	兒子	女兒	么子
男.騙翁	阿.內	阿.都兒	大耳	忙.內
남편	아내	아들	딸	막내
nam.pyeon	*a.nae*	*a.deul*	*ddal*	*mang.nae*
年輕人	前輩	中國人	韓國人	
求兒.悶.你	松.配.你母	中.庫.金	憨.庫.沙.郎	
젊은이	선배님	중국인	한국사람	
jeol.mneu.ni	*seon.bae.nim*	*jung.gu.gin*	*han.guk.saram*	

身體	頭	頭髮	額頭	臉
心．切	末．里	末．里．卡．拉	伊．馬	歐兒．骨兒
신체	머리	머리카락	이마	얼굴
sin.che	meo.ri	meo.ri.ka.rak	i.ma	eol.gul

眼睛	耳朵	鼻子	嘴巴	嘴唇
奴恩	桂	庫	衣樸	衣樸．贖兒
눈	귀	코	입	입술
nun	kwi	ko	ip	ip.sul

下巴	舌頭	喉嚨	牙齒	脖子
偷哥	喝有	某．姑．猛	伊．八兒	某
턱	혀	목구멍	이빨	목
teok	hyeo	mok.gu.meong	i.ppal	mok

胸部	肚子	背	腰	肩膀
卡．師母	配	頓	後．里	喔．給
가슴	배	등	허리	어깨
ka.seum	pae	teung	heo.li	eo.gge

肚臍	屁股	手	腳	大腿
配.勾布	翁.懂.伊	手恩	拔	摟樸.秋.打.里
배꼽	엉덩이	손	발	넓적다리
bae.kkop	*eong.deong.i*	*son*	*pal*	*neolp.jeok.ta.ri*

膝蓋
木.弱樸
무릎
mu.leup

生活用品、藥物 06

筷子	湯匙	刀子	叉子	杯子
秋.卡.拉	俗.卡.拉	娜.伊.普	普.苦	可不
젓가락	숟가락	나이프	포크	컵
cheot.ga.rak	*sut.ga.rak*	*na.i.peu*	*po.keu*	*keop*

毛巾	雨傘	眼鏡	隱形眼鏡
樹.幹	屋.傘	安.欲恩	空.特.的.連.具
수건	우산	안경	콘택트렌즈
su.geon	*u.san*	*an.gyeong*	*kon.taek.teu.ren.jeu*

手機	煙灰缸	鏡子	紙	鉛筆
黑恩.的.朋	切.頭.力	口.無耳	窮.伊	永.筆
핸드폰	재떨이	거울	종이	연필
haen.deu.pon	*chae.tteo.ri*	*keo.ul*	*chong.i*	*yeon.pil*

原子筆	橡皮擦	剪刀	衛生紙	衛生棉
波.片	奇.屋.給	卡.位	化.張.奇	先.里.貼
볼펜	지우개	가위	화장지	생리대
pol.pen	*chi.u.gae*	*ga.wi*	*hwa.jang.ji*	*saeng.ri.dae*

藥	感冒藥	頭痛藥	止瀉藥	止痛藥
牙苦	甘.幾.牙苦	禿.痛.牙苦	奇.沙.姊	親.痛.姊
약	감기약	두통약	지사제	진통제
yak	*gam.gi.yak*	*tu.tong.yak*	*chi.sa.je*	*chin.tong.je*

絆創膏

胖．搶．姑
반창고
ban.chang.go

衣服、鞋子、飾品 07

衣服	襯衫	T 恤	白襯衫	polo 襯衫
喔特	羞．恥	提．羞．恥	娃．伊．羞．恥	婆．樓．羞．恥
옷	셔츠	티셔츠	와이셔츠	폴로셔츠
ot	*syeo.cheu*	*ti.syeo.cheu*	*wa.i.syeo.cheu*	*pol.ro.syeo.cheu*
西裝	韓服	西服	連身洋裝	夾克
窮．張	憨．伯	洋．伯	土．淚．思	叉．可
정장	한복	양복	드레스	자켓
cheong.chang	*han.bok*	*yang.bok*	*teu.re.seu*	*ja.ket*

外套	毛衣	短袖	長袖	連身裙
庫.土	思.胃.透	胖.八	幾恩.八	旺.匹.思
코트	스웨터	반팔	긴팔	원피스
ko.teu	*seu.we.teo*	*pan.pal*	*kin.pal*	*won.pi.seu*

裙子		迷你裙		褲子
氣.馬 / 思.摳.土		米.妮.思.摳.土		爬.奇
치마 / 스커트		미니스커트		바지
chi.ma/seu.keo.teu		*mi.ni.seu.keo.teu*		*ba.ji*

牛仔褲	內褲	絲襪	睡衣	泳裝
窮.爬.奇	偏.提	思.她.金恩	招.摸	樹.用.伯
청바지	팬티	스타킹	잠옷	수영복
cheong.ba.ji	*pean.ti*	*seu.ta.king*	*ja.mot*	*su.yeong.bok*

童裝	眼鏡	太陽眼鏡		領帶
阿.同.伯	安.京恩	松.哭.拉.思		內.她.伊
아동복	안경	선그라스		넥타이
a.dong.bok	*an.gyeong*	*seon.geu.la.seu*		*nek.ta.i*

皮帶	帽子	圍巾	絲巾	手套
陪.土	母.叉	某.都.里	思.卡.普	張.甲
벨트	모자	목도리	스카프	장갑
pel.teu	*mo.ja*	*mok.do.ri*	*seu.ka.peu*	*jang.gap*

戒指	項鍊	耳環	耳環.(穿孔)	
胖.奇	某.勾.力	桂.勾.力	匹.喔.醒	
반지	목걸이	귀걸이	피어싱	
pan.ji	*mok.geo.ri*	*gwi.geo.ri*	*pi.eo.sing*	

襪子	鞋子	高跟鞋	長筒靴子	運動鞋
洋.罵	姑.禿	喝兒	龍.樸.吃	運.同.化
양말	구두	힐	롱부츠	운동화
yang.mal	*gu.du*	*hil*	*rong.bu.cheu*	*un.dong.hwa*

涼鞋	拖鞋	手錶	皮包	手提包
現.都兒	思.里.波	松.某.細.給	卡.胖	黑恩.都.配
샌들	슬리퍼	손목시계	가방	핸드백
saen.deul	*seul.li.peo*	*son.mok.si.gye*	*ka.bang*	*haen.deu.baek*

背包	皮夾	鑰匙環	手帕
配.男	奇.甲	有.誰.鼓.勵	松.樹.工
배낭	지갑	열쇠고리	손수건
pae.nang	*chi.gap*	*yeol.soe.go.ri*	*son.su.geon*

化妝品等 08

化粧品	香水	肥皂	洗髮精	潤絲精
化.張.碰	香.樹	皮.努	香.普	零.思
화장품	향수	비누	샴푸	린스
hwa.jang.pum	*hyang.su*	*pi.nu*	*syam.pu*	*rin.seu*

沐浴乳	潔膚乳液	洗面乳液	化妝水	
爬.弟.香.普	塞.安.姊	波母.科.連.走	思.金恩 / 化.張.樹	
바디샴푸	세안제	폼클렌저	스킨 / 화장수	
pa.di.syam.pu	*se.an.je*	*pom.keul.len.jeo*	*seu.kin/hwa.jang.su*	

乳液	精華液	護膚霜	面膜
愛.末兒.窘	愛.仙.思	科.力母	馬.思.科.佩
에멀전	에센스	크림	마스크팩
e.meol.jeon	e.sen.seu	keu.rim	ma.seu.keu.paek

防曬乳	BB 霜	粉底霜
叉.外.松.擦.蛋.姊	比.比.科.力母	怕.運.弟.伊.兄
자외선차단제	비비크림	파운데이션
ja.oe.seon.cha.dan.je	bi.bi.keu.rim	pa.un.de.i.syeon

眼影	睫毛膏	口紅	指甲油
阿.伊.邪.土.屋	馬.思.卡.拉	力普.思.弟	每.妮.哭.我
아이섀도우	마스카라	립스틱	매니큐어
a.i.syae.do.u	ma.seu.ka.ra	lip.seu.tik	mae.ni.kyu.eo

一般肌膚	乾燥肌膚	油性肌膚	敏感肌膚
中.松.匹.樸	空.松.匹.樸	奇.松.匹.樸	敏.甘.松.匹.樸
중성피부	건성피부	지성피부	민감성피부
chung.seong.pi.bu	keon.seong.pi.bu	chi.seong.pi.bu	min.gam.seong.pi.bu

안녕하세요 한국어.
잘 부탁합니다.
★ 獻給想要馬上說韓語的您 ★

遊韓
萬用版

韓語入門
中文就行啦

玩玩韓語【04】

著　　者——金龍範
發 行 人——林德勝
出 版 者——山田社文化事業有限公司
地　　址——臺北市大安區安和路112巷17號7樓
電　　話——02-2755-7622
傳　　真——02-2700-1887
經 銷 商——聯合發行股份有限公司
地　　址——新北市新店區寶橋路235巷6弄6號2樓
電　　話——02-2917-8022
傳　　真——02-2915-6275
印　　刷——上鎰數位科技印刷有限公司
法律顧問——林長振法律事務所　林長振律師

初　　版——2014年11月
書＋1MP3——新台幣280 元
ISBN　978-986-246-402-1
© 2014,Shan Tian She Culture Co., Ltd.